추억수집

만석 쓰고
동동 찍고
채윤 그리다.

추억수집

매일 기록했던 아빠의 육아 일기 중
일부를 담았습니다.

나는 가끔 과거의 기억을 떠올리며 미소를 짓는
다. 아주 어렸을 때 부모님과 함께했던 기억들은 어
른이 된 요즘도 큰 힘이 되곤 한다. 1993년 대전 엑
스포에 가족이 여행을 떠난 적이 있다. 내가 기억하
는 우리 가족의 첫 여행이다. 차에서 숙박하고 씻을
때가 마땅치 않았어도 그땐 정말 재밌었다. 씻지 못
해도 좋았다. 트렁크에 조금은 불편한 자세로 누워
있어도 그저 웃음이 나올 뿐이었다.

초등학교에 들어가기 전 가족들과 강릉에서 보트
를 같이 탔던 기억이 난다. 그때 너무 무서워서 시
작부터 끝날 때까지 눈을 감고 탔었는데 그때 마주
친 감정과 얼굴에 닿은 바닷바람과 보트의 엔진 소
리가 아직도 생생하게 느껴진다. 수십 년이 지난 요
즘도 그 시절이 생각나는 것을 보면 굉장히 강렬했
던 기억인 것 같다.

90년대 중반 그때 캠핑을 어른들이 참 좋아하셨다. 덕분에 따라갈 수 있었는데 아빠 초, 중학교 동창회 모임, 고종사촌 모임, 이종사촌 모임을 우연히 알게 된 계곡에서 하게 되면서 거의 한 달 동안 텐트에서 산 적이 있다. 자연을 벗 삼아 지냈던 그 시절이 생각이 난다. 오랜 시간 밖에 있으면서 온몸에 피부병이 생기고서야 집으로 돌아올 수 있었다. 때 묻지 않고 순수한 그 시절의 향수를 아직도 잊지 못한다.

이처럼 순간의 기억들로 평생을 살아가는 것 같다. 행복하고 즐거웠던 옛 추억을 늘 떠올릴 수 있어서 부모님께도 감사하는 마음을 갖게 되었다.

추억을 함께 공유할 수 있다는 것 그리고 그 추억이 아름다운 기억 조각이었다는 것이 살아가는 이유를 설명해 주는 것 같다.

아이였던 우리가 성장하여 어른이 되고 또다시 부모가 되면서 추억에 대한 갈증을 느낀다. 우리 부모님들이 그랬듯이 나 역시도 아이와 함께하는 순간을 조금이라도 더 기억하고 싶었다. 아이의 가장 예쁜 시절이 너무나도 빨리 지나간다는 것을 알았기에 더욱더 소중하게 느껴졌다.

백수가 되고 나서 당장 이번 달부터 월급이 들어오지 않는다는 두려움과 미래에 대한 불안감이 엄습해 왔지만 지금 나에게 주어진 이 시간을 어떻게 하면 가장 알차고 값지게 쓸 수 있을지에 대한 고민이 시작되었다.

마냥 백수로 평생 살 것은 아니고 포기만 하지 않으면 일은 다시 할 수 있다는 생각이 들었다. 하지만 아이를 양육하는 이 시기는 다시는 돌아오지 않고 지금 아니면 이걸로 끝일 수 있겠다는 결론에 이르면서 주어진 시간을 아이와의 '추억 수집'에 집중하기로 했다.

아빠, 엄마가 아이에게 줄 수 있는 선물로 함께 시간을 보내면서 아름답고 행복한 우리 가족의 추억을 많이 만들자고 했다.

자식 농사가 어렵고 때가 있다는 이야기를 많이 들었다. 아빠, 엄마를 제일 많이 찾는 이 시기만이라도 아이에게 오롯이 관심과 사랑을 듬뿍 줄 수 있다면 재산을 물려주는 것보다 더 가치 있는 일이 될 것이다.

중요하다는 4~7세 유아기 마지막 구간인 7세에 아이와 함께 '추억 수집'을 할 수 있어 정말 행복했다.

아이도 순간의 기억으로 평생을 예쁘고 당당하게 살아갔으면 하는 바람이다.

프롤로그

1부. 아빠 역할의 변화

맞벌이 부부 6년

우리 부부는 서울 이민(?) 1세대다. 둘 다 강원도 출신으로 타지에서 자리를 잡기까지 힘겹게 삶을 이어왔다. 아이를 낳고 첫돌을 맞이하고 아이가 성장하는 즐거움을 느끼다가 아내의 복직으로 우리들의 축복 같은 삶은 하루아침에 현실을 마주하게 되었다.

매일 직장과 가정을 오고 가며 주어진 역할을 충실히 수행하기 위해 노력했다. 양가 부모님께서 멀리 계시다 보니 애초에 육아에 대한 도움을 받을 생각을 하질 못했다. 그래도 서로 가사 및 육아를 분담하면서 누구나 다 겪은 것이고 이게 삶이라며 유유히 버텼다.

주로 육아는 아내가 전담했고 가사 및 밥 차리는 것은 아빠의 몫이었다. 그렇게 주어진 임무에 충실하면서 시간을 보냈고 가끔 찾아오는 위기 상황 속에서도 서로를 의지했다. 주말에는 밖으로 나가 아이와 함께 시간을 보냈다.

두 돌이 지나면서 아이는 방긋방긋 웃기 시작하고 아빠, 엄마의 말을 알아듣기 시작했다. 무엇을 시키면 즐겁게 하는 아이의 모습을 보면서 직장에서 얻는 스트레스를 날릴 수 있었다. 퇴근 무렵이 되면 아이를 볼 생각에 서둘러 정리하고 지하철역까지 전속력을 다해 뛰어간 적이 한두 번이 아니다.

아이가 아플 땐 결국 휴가를 내야 했다. 1년 동안 사용할 수 있는 연차가 정해져 있었고 예상치 못한 변수들이 늘 우리를 기다리고 있었다. 긴장의 연속이었지만 그래도 건강한 아이 덕분에 매해를 무사히 잘 넘길 수 있었다.

아이마다 각자 자신의 약한 부위가 있는데 우리 아이의 경우는 아토피 질환이 심했다. 간지러워서 참지 못하고 긁으면 상처가 생겨 짓무르기도 했다. 이런 악순환이 반복되면서 아이는 수면의 질이 떨어졌고 아빠, 엄마 역시 피로가 점점 쌓이기 시작했다.

둘째에 대한 고민도 참 많이 했지만, 아내의 복직으로 자연스럽게 생각을 접었다. 아이를 보는 즐거움은 있지만 여러 면에서 자신이 없었다. 아이가 둘이면 사는 집의 평수도 넓혀야 하고 돈이 더 드는데 현실적으로는 아이를 돌보기 위해서 맞벌이에서 외벌이로 전환해야 하는 상황에 머릿속이 복잡했다. 결국 자식 하나라도 잘 키우자고 우리 부부는 결론을 내렸다.

우리의 시간은 아이에 초점을 맞추어 흐르기 시작했고 우리의 생활패턴은 아이를 중심으로 갔다. 육아를 하면서도 초보 아빠, 엄마는 지금 우리가 잘하고 있는 게 맞는지 의문을 가졌고 늘 여유가 없었다. 퇴근하면 또다시 출근하는 기분이 들었고 매일 반복적으로 해야 하는 것들을 하나씩 쳐내면서 육퇴(육아 퇴근)를 했지만, 그 후 녹초가 되어 나도 모르게 잠이 들었다.

이렇게 우리 부부는 고군분투하며 매일을 보냈다.

각자 맡은 임무에 대한 영역을 철저히 존중해 주면서 시간이 흘렀다. 되도록 육아에 대해서는 아내의 철학을 따르기 위해 노력했고 아내는 워킹맘으로서 낮과 밤의 역할을 충실히 수행해 주었다.

맞벌이 부부를 해서 경제적인 여유는 있었지만 한편, 늘 시간에 쫓기며 치이는 삶을 살고 있었다. 5분, 10분이라도 늦으면 바로 지각이고, 어린이집 하원 시간이 늦으면 미안한 마음으로 뛰어갔다.

엄마 껌딱지

어느 순간, 아빠와 엄마의 명확한 업무 분담으로 인해 아빠는 아이와 함께하는 시간이 줄어들기 시작했다. 회사에서 일하듯이 효율을 중요시하면서 정작 효율을 따지지 말아야 할 아이와의 관계는 점점 더 멀어지고 있었다.

아이의 등·하원을 위해 아빠와 엄마의 적절한 교대가 있었으면 좋았을 텐데 회사에서는 유연근무제를 적용하지 않았다. 따라서 아내 혼자서 등·하원 모두를 책임져야 하는 상황이 되었다. 아빠가 등·하원조차 하지 않으면서 아이는 아빠와 교감하는 방법을 빠른 시간 내에 잊기 시작했다.

아내가 급한 일이 생겨 야근해야 하는 상황에 긴급 SOS를 쳐서 퇴근하자마자 바로 지하철역으로 뛰어가고 혼잡도가 제일 높은 9호선 급행에 나 자신을 구겨 넣어야 했다. 오직 빠른 시간에 하원을 해야 한다는 목표 때문에 백팩을 앞으로 메고 내 자신을 출입구 안쪽으로 밀고 더 밀었다.

진땀을 흘리며 도착한 어린이집에서 아이를 봤다. 아이는 아빠가 온 것을 보고 슬픈 표정을 지었다. 그리고 울기 시작했다.

옆 친구 엄마에게 안기며 엄마가 안 와서 너무 속상하다고 한다. 순간 나는 "내가 나쁜 아빠"라는 생각이 들며 엄마들 사이에서 어쩔 줄 몰라 맴돌았다. 그리고 아이가 진정이 된 이후에 아이의 손을 잡고 집을 향했다.

이날 밤은 마음이 불편해서 잠이 오질 않았다. 아이는 아빠가 하원하기 위해 온 것에 대해 왜 실망하고 눈물을 보였을까.

처음으로 아이를 통해 바라본 나 자신을 만났다. '좋은 남편, 좋은 아빠'일 거로 생각했던 내 자신의 착각이 깨지는 날이었다. 회사에서는 상사들의 눈치를 보면서 회식 장소 대신 급하게 집에 갈 때마다 핀잔을 들었던 서러움들이 생각나서 마음이 매우 불편했다.

　아이의 아토피 질환은 점점 더 심해져 갔다. 간지럽고 고통스러워 잠을 잘 자지 못하는 아이가 안쓰럽다. 아이가 지금 상황에서 의지할 사람은 엄마밖에 없다. 시간도 많이 보내고 있고 아이의 불편함을 알아주고 바로 조치를 취해주는 해결사가 엄마이다. 그래서 아이가 엄마를 이 세상에서 제일 좋아하는 것에 대해서는 백 프로 인정한다.

　이번 일을 계기로 아빠의 육아 참여를 늘릴 필요성을 느꼈다. 하지만 낮에 일하고 퇴근 후 집에 가서 육아와 가사를 해야 하는 상황이 절대 쉽진 않았다. 우선 체력이 아주 부족했는지 설거지만 하고 나면 몸이 나른하고 잠깐 쉬겠다고 앉거나 누워있으면 바로 잠이 들어 다음날이 되기 일쑤였다. 아빠의 현실적인 육아 참여에 대해 머리로는 이해를 하는데 몸은 전혀 따라주지 않았고 아내 역시 나에게 거는 기대감을 접기 시작했다.

　아이의 자아가 형성되고 고집이 생기면서 본인 스스로 하고 싶어 하는 것들이 많아졌다.

사사건건 아빠와 충돌했다. 아빠가 대신 해주려고 하면 "싫어", "내가 할 거야"라는 의지가 강해졌고 본인이 필요할 때와 아쉬울 때만 아빠를 찾는다. 아이와 친해지려고 노력해도 잘되지 않았다. 아이가 좋아하는 초콜릿, 과자를 주면서 아이와 친밀감을 형성하면 좋을 텐데 아이의 아토피가 심해서 가공식품을 주기가 더더욱 어려웠다.

아이는 '엄마'라는 단어에 집착했고 엄마 아닌 아빠, 할아버지, 할머니에게도 먼저 다가가질 않았다. 엄마가 없을 때만 다른 사람에게 자신을 맡겼다. 엄마가 있으면 오직 엄마에게 착 달라붙어 있어 주변 사람들은 '엄마 껌딱지'라고 불렀다.

생각지 않게 찾아온 위기

2022년은 그 어느 때보다 삶에 어둠이 짙게 깔리는 한 해가 되었다. 마치 자연재해가 덮치고 가듯 좋지 않은 일들이 번갈아 가며 휩쓸고 지나갔다. 긍정적인 마음을 늘 장착하고 있기에 한 두 번의 풍파는 잘 넘길 거라 생각했는데 결국 건강이 안 좋아지면서 긴 터널 속으로 빠져들게 되었다.

어디서부터 잘못된 것이었을까. 지난날을 되새기며 내 자신을 자책해 봤지만 그럴수록 나 자신만 힘들어질 뿐 아무 소용이 없었다. 정신력으로 버틸 수 있을거라 생각한 것이 나의 착각이었다. 장시간 같은 자세로 오래 앉아 있었고 코로나 시국에는 점심에 도시락을 가져왔는데 매우 부실한 식단으로 먹었다. 그리고 운동을 하지 않았다.

결국 내 자신을 지키지 못한 나의 책임으로 고통은 나만의 몫으로 속앓이해야만 했다. 그 전에 회식

할 때마다 몸이 아프기 시작했다. 면역력이 떨어지면 생기는 질환들이 계속 나타났다. 그때 보내준 신호를 조금이라도 빨리 인지했으면 좋았건만 아직 건강하다는 생각에 그 신호들을 심각하게 받아들이지 않았고 결국 외과적 수술이 필요한 항문 농양이 오고 나서야 깨닫게 된 것이다.

하필이면 환부의 위치가 항문과 꼬리뼈 사이여서 아파도 아프다고 말도 못 하고 혼자 자리에 앉아 끙끙 앓을 수밖에 없었다. 이 부위는 참 묘한 게 고통은 고통대로 심한데 막상 말하면 대수롭지 않게 생각하거나 놀림을 받았다. 아파도 공감을 해주는 이가 하나 없어 이때 외로움을 많이 느꼈다.

하루 종일 앉아서 일해야 하는 사무직이 이렇게 고되게 느껴지기는 처음이었다. 거즈를 몇 시간 간격으로 계속 갈아주어야 하고 화장실에 가서 뒤처리할 때마다 통증이 매우 심했다. 멀쩡한 살에 라이터 불을 주기적으로 달구는 통증처럼 느껴졌다. 그래도 통증에 익숙해지는지 얼굴에 티를 내지 않을 수 있었다.

상처가 아물기도 전에 또 한 번의 풍파가 찾아왔다. 우리 부부는 언제쯤 이 풍파가 끝날지 서로 노력하고 다독이며 그나마 버텼는데, 마지막까지 조용했으면 했던 회사까지 번지게 되었다.

바로 옆자리로 이동하는 것이었지만 지방 출장이 잦고 술을 많이 먹어야 하는 업무로 가야 하고, 심지어 지금 하는 업무까지 펑크 나지 않도록 하라니 도저히 엄두가 나질 않았다. 이 몸을 가지고 그 업무들을 소화해야 한다는 것은 감당이 되질 않았다.

상처가 아물려면 시간이 필요한데 환경은 나의 상황을 아랑곳하지 않고 계속 내 자신을 불리한 상황으로 빠져들게 했다. 도대체 왜 나에게 이런 시련이 벌어지는 것일까. 돌아가면서 하나씩 뒤집어 놓아 너무 힘들었다. 사람이 절벽에 내몰릴 때 주변에서 도움을 주는 것이 아니라 더 벼랑 끝으로 내모는 것 같아 속상했다.

감정에 호소하면서 양해를 구했지만, 특정 개인의 생각인지 조직의 생각인지는 모르겠지만 냉정한 현실을 직시해야만 했다. 결코 그들은 직원 개개인의 상황은 안중에도 없었고 심지어 내 가족의 생사 갈림길이 자신들의 손에 달려 있다는 말을 꺼내서 소름이 돋았다.

(그밖에 다른 이야기들이 있지만 더 이상 이야기하고 싶지 않다...)

내가 무슨 잘못을 한 것도 없는데 왜 이런 수모를 당해야만 하는지 몇 번을 되뇌어보았지만, 답을 찾을 수가 없었다. 그래도 적지 않은 시간을 함께했다고 생각했는데 이것밖에 안 되었다는 사실에 회의감이 들었다.

보통 정년이 보장되는 안정적인 직장을 나오는 것이 쉬운 일이 아니다. 그런데 길지도 짧지도 않은 직장생활을 토대로 생각해 보니 정년 보장은 허울뿐이고 막상 그 안에서 치러야 할 대가가 너무나도 많았다. 이제 평생직장이 없다는 생각과 설령 정년을 채워도 그 후의 20~30년의 삶을 무엇을 하며 보낼지에 대한 고민이 또 있을 거라는 생각이 들었다.

그래서 뾰족한 수는 없지만 결단을 내렸다. 마음

을 내려놓고 마음 편히 삶의 지표에 나 자신을 맡기겠다고 생각했다. 이번에는 진정으로 나를 위한 삶을 살고 내가 주도적으로 인생의 열쇠를 쥐고 방향을 잡아 나가겠다고 다짐했다.

지난날 내 자신을 더 아끼지 못한 점을 반성하고 내 자신의 건강을 먼저 챙겨 다시는 건강 때문에 발목이 잡히는 일이 없도록 하자. 그리고 결국 남는 건 가족밖에 없더라. 사랑하는 내 가족을 위해 더 많은 시간을 써보자고 생각했다.

정말 쉽지 않은 결정이었지만 내가 살아온 지난날의 삶은 행복하지 않았고 시간이 지날수록 함께 일하는 사람들로 인해 정신이 황폐해져 가고 있었다. 늘 마음 한편에는 이곳을 어떻게 하면 탈출할 수 있을까 고민하고 있었는데 갑작스럽게 찾아온 풍파가 어찌 보면 새로운 길로 전환할 수 있는 마중물 역할을 해줄 수 있을 거라는 희망의 씨앗을 뿌리게 되었다.

아빠가 백수래

아빠는 생각지 않게 백수가 되었다. 백수가 되고 나서 제일 먼저 하고 싶었던 것은 아이와 친해지는 것이었다. 그동안 엄마 껌딱지로 살아온 아이와 아빠는 어느 순간 점점 소원해져 감을 느끼고 있었다. 그런데 때마침 아이와 함께 할 시간이 늘어난 것이다.

아빠의 지갑은 얇아졌지만, 대신 아빠는 시간 부자가 되었다. 아이의 등·하원을 아빠가 직접 할 수 있었고 아이가 아파서 병원에 가야 할 때 더 이상 눈치를 볼 필요가 없어졌다. 어린이집에서 갑자기 열이 올라 조기 하원을 시켜야 할 때도 더 이상 마음 졸이며 전력 질주를 해서 뛸 필요도 없어졌다.

하나를 잃으니 얻는 것이 있었다. 그동안 둘 다 얻으려고 아등바등하면서 지내왔지만, 늘 주변을 곁도는 느낌만 들 뿐 생각만큼 호락호락하지 않았다. 아내도 처음으로 마음 편하게 회식에 참석하고 필요할 때는 야근을 하기도 했다. 업무에 더 집중할 수 있고 양육에 대한 부담을 조금은 내려놓을 수 있게 되었다.

아이는 엄마를 가끔 찾을 때가 있었지만 그래도 아빠와 같이 있는 시간이 그리 싫지는 않은 것 같았다. 아이를 등원하면서 차로 20~25분간 이동하는 시간에 서로 끝말잇기 게임을 하거나 수수께끼를 내면서 맞추는 시간을 가져 보기도 했다. 그리고 어린이집에 들어가기 전에는 옆 놀이터에서 미끄럼틀을 세 번 탄 후 아이를 안아주면서 "사랑해. 오늘도 좋은 시간 보내"라고 인사를 해주기도 했다.

모든 게 어색한 아이는 처음에는 대꾸조차 하지 않았지만, 시간이 지날수록 아이의 반응은 함박웃음으로 변하기 시작했다.

아이와 많은 시간을 보내는 것보다 양질의 시간을 보내는 것이 중요하다는 이야기를 듣기는 했지만 우선 아이와 보내는 시간이 많아야 양질의 시간도 보낼 수 있다는 생각이 들었다. 아이와 양질의 시간을 보냈다고 생각하는 자체가 어른의 관점일 수 있다. 아이가 만족할 때까지 놀아주려면 우선 아이에게 온전히 투여할 시간이 필요하다. 이상한 웃음 포인트에 꽂히면 한 가지를 무한 반복하려고 할 때는 도통 아이를 이해할 수 없고 양육자는 그 시간이 참으로 지루하게 느껴질 때가 있다. 그래도 그 시간이 누적되면 아이와의 관계는 점점 더 좋아진다.

백수가 된 지 한 달도 되지 않아 아이는 아빠가 회사를 그만두었다며 동네방네 떠들고 다닌다. 처음에는 당황스럽기도 했지만, 나중에 알고 보니 아이는 아빠가 자기와 함께 보낼 시간이 많아진 것을 자랑하고 다닌 것이었다. 부모 입장에서는 맞벌이를 해서 경제적인 여유가 있다면 아이가 갖고 싶은 장난감 하나라도 부담 없이 사줄 수 있어 좋다고 생각했지만, 영유아기의 아이 입장에서는 자신과 시간을 많이 보내주는 부모가 최고라는 생각을 하고 있던 것이었다.

한 번은 아토피 때문에 병원 진료를 보기 위해 낮잠을 안 자고 오후 1시 30분에 하원을 시키러 간다고 미리 알려주었다. 그런데 선생님께서 "어린이집에 도착하시면 꼭 인터폰을 눌러주세요."라고 미리 부탁을 하신다. 영문도 모른 채 제시간에 도착하여 인터폰을 꾹 눌렀다. 딩동댕~ 딩동댕~ 소리가 여러 차례 났고 아이가 3층에서 내려왔다. 나중에 알고 보니 아이가 친구들에게 "오늘은 일찍 가봐야 해" 이 한마디가 하고 싶었다고 한다. (부모들이 하원하러 도착하면 인터폰을 누르는데, 3층에서 누구 부모님 오셨다~ 하면 일찍 가는 친구가 부러웠나 보다.)

맞벌이하는 동안 아이를 일찍 하원 시켜본 적이 없었다. 제일 마지막까지 어린이집에 남아 연장반 선생님과 작은 방에서 아빠, 엄마가 언제 오는지 애타게 기다렸을 아이의 얼굴이 떠오른다. 아빠, 엄마에게 어떠한 티도 내지 않아 괜찮은 줄 알았는데 실제로 아이의 속마음은 자신도 일찍 집에 가고 싶어 했다는 것을 뒤늦게 깨달으니 미안한 마음이 들었다.

이젠 아마(아빠+엄마)가 되다

아이는 서대문 부모협동조합에서 운영하는 콩세알어린이집을 다녔다. 서대문구 홍은동에 위치한 공동육아 어린이집이다. 이곳은 아빠, 엄마가 모두 현실 육아에 적극적으로 참여하는 분위기이다. 선생님들이 연차를 쓰게 되면 학부모들이 와서 일일교사로 참여하여 보조를 한다. 그리고 학부모가 직접 이사장, 소위별 이사가 되어 보육을 제외한 운영 관련된 활동을 한다. 여기서는 아빠, 엄마를 합쳐서 '아마'라고 부른다.

아마라는 합성어처럼 양육자의 역할이 한 사람으로 정해져 있기보다는 아빠가 엄마가 될 수도 있고 엄마가 아빠도 될 수도 있다. 아이와 시간을 보내면서 이제는 아빠이기 전에 엄마의 역할도 하게 되었다.

시간이 지날수록 아이는 무의식적으로 아빠에게 엄마라고 부를 때도 있었다. 아이조차도 아빠, 엄마

의 역할에 대해 헷갈릴 때가 있는데 애초에 아빠,
엄마의 역할이 정해져 있는 것은 아닌 것 같다.

생계를 책임질 가장이 된 엄마와 전업주부가 된
아빠의 모습이 아이의 눈에는 처음에 낯설게 보이
는 듯 했지만 아이는 금세 적응했다. 전과는 다른
여정을 걷게 된 우리 가정이지만 이것 또한 잘 지나
갈 것이고 이것이 우리 가족 구성원들에게 긍정적
인 영향을 미칠 것이라 믿어 의심치 않았다.

전업주부를 하면서 집안일을 할 때 정말 티가 나
지 않음을 알게 되었다. 심지어 청소하고 인증사진
을 찍는 게 일이 될 정도로 내가 무엇을 했다는 것
을 알리려고 초기에는 많은 노력을 했다. 집 안 정
리를 한 뒤 아이가 하원하고 들어온 순간, 집은 다
시 어질러진다. 나름 낮에 열심히 한 일이 한순간에
물거품처럼 사라지는 것 같아 허무하기도 했다.

그리고 밥도 건강을 위해서 되도록 배달 음식보
단 된장찌개, 미역국 등을 주로 만들어 먹는다. 김
치와 반찬은 부모님께 받아 오기도 했지만 그렇지
못할 때는 반찬가게에서 사 먹었다. 잘 먹는 것이

무엇보다도 중요하고 남는 것이라는 생각을 하면서 음식을 만들기도 했다.

좌충우돌 초보 전업주부는 모범 주부가 되고 싶었으나 여전히 불량 주부에 가까웠다. 집안일을 하면서 익숙하지 않은 것들에 대해 실수투성이다. 예전에 학창 시절에 엄마가 다 해 주신 것에 대해 새삼 고마움을 다시 느끼게 되었다. 그때는 너무나 당연한 거라 생각했지만 지금 막상 해보니 정말 귀찮은 일이고 결코 당연한 것이 아니었음을 알게 되었다. 그래도 아이를 키우는 부모의 마음은 DNA처럼 계속 이어지는 것 같다.

아이를 등원하고 하원 시킬 때까지의 시간이 있지만 그 시간이 매우 짧게 느껴졌다. 나름대로 의미 있는 시간을 보내기 위해 노력을 했지만, 점심을 먹고 집안일 몇 개를 하면 얼추 시간이 다 가버린다. 집안일은 참 묘한 게 안 하면 할 게 없는데 한 번 하기 시작하면 끝이 나질 않는다. 빨래를 하게 되면 건조기에 세탁물 정리부터 꼬리에 꼬리를 무는 일들이 연속으로 이루어진다. 가사와 육아는 해도 해도 끝이 나질 않는 네버 엔딩 스토리다.

그런데 한가지 깨달은 것은 양육과 가사는 효율을 따지면 안 되는 것 같다. 늘 바쁘다는 이유로 시간이 없어 빨리 빨리를 외치면서 효율을 극대화할 생각을 많이 해왔지만, 가족과 함께하는 시간, 특히 아이와 지내는 시간은 그 자체로 의미가 있고 가치 있는 일이라는 생각이 들었다.

시간에 쫓길 것 없이 아이와 함께 어린이집을 걸어가면서 피어 있는 꽃들을 관찰하기도 하고 보도블록 가운데 노란색 블록만 걸어보는 시간을 가져봤다. 전에는 효율을 추구하기 위해 아이를 밀어붙였는데, 아이의 시선에 맡긴 채로 여유롭게 지켜봐주니 아이의 표정은 확실히 밝아졌다.

바쁜 와중에도 아름다운 경치를 바라볼 수 있는 여유를 가지고 길가에 핀 꽃을 보고도 행복을 발견할 줄 아는 아이로 자랐으면 하는 마음을 가지게 되었다. 조금 늦으면 어때! 아이 스스로 세상을 행복하게 바라볼 힘을 가질 수 있도록 아빠의 조급함을 잠시 미뤄두고 아마의 마음으로 아이를 지켜볼 수 있는 여유를 가질 수 있었다.

2부. 무엇보다 중요한 자식농사

부모를 제일 많이 찾을 나이

아이가 엄마, 아빠를 제일 많이 찾는 4~7세의 시기. 동시에 회사에서는 제일 업무 지시를 많이 받는 시기이기도 하다. 맞벌이 부부로 오롯이 부부의 힘만으로 아이를 키우다 보니 늘 버거운 일의 연속이었다. 어느 하나 미룰 수 없는 딜레마에 빠지기라도 하면 마음 한편에는 불편함이 따라붙었다.

회사에서 가정에서 일하고 육아하느라 고군분투하며 분주한 시기를 보내는데 정작 이 시기가 지나면 시간적 여유가 생기지만 오히려 아이와 함께 보낼 수 있는 시간이 점점 줄어든다. 그리고 아이는 또래와 노느라 부모를 더 이상 찾지 않는다. 요즘 하나만 낳는 집들이 많은데 아이와 함께할 수 있는 시기를 놓치면 영영 다시는 돌이킬 수 없게 된다. 아이의 가장 예쁘고 행복한 시절의 모습을 못 보고 강물처럼 흘려보내기에는 너무 안타깝다는 생각이 문득 들었다.

과거의 나였더라면 세상은 원래 그런 거니까 수동적으로 맞춰 살았을 것이다. 그런데 한 번뿐인 인생이고 한 번밖에 못 보는 내 아이와의 시간을 생각하니 모든 것들이 새삼 소중하게 느껴지기 시작했다. 인생의 주인공으로서 주체적으로 살아볼 수 있는 시간을 가진 것만으로 값진 경험이고 감사하는 마음이 샘솟았다.

아이와 함께 보내는 시간은 쉽지 않았지만 그래도 매 순간 살아있음을 느끼게 해주는 보석을 발견했다. 아이는 자신만의 창작활동을 하면서 끊임없이 아빠의 관심을 받으러 왔다. 자신이 만든 작품을 아빠에게 보여주면, 그것에 대해 감탄하고 어떤 점이 좋은지 말해주었다. 그리고 퇴근한 아내에게도 오늘 있었던 일을 설명하면서 아이의 잘한 점에 관해 이야기 해주었다. 아이는 매 순간 경청을 하고 칭찬의 목소리에 미소를 짓는다. 이 시기에 아이에게 줄 수 있는 선물은 관심인 것 같다.

그렇다고 늘 좋은 일만 있는 것은 아니다. 하루 종일 상전처럼 아빠를 부리는 아이를 볼 때면 피곤할 때도 많다. 알라딘에 나오는 '지니'가 된 것처럼 눈에만 보이지 않으면 지니를 부르듯이 아빠를 부르는 아이가 얄밉게 느껴질 때도 있었다. 예전에는 아빠를 거의 부르지 않던 아이가 아빠와 함께하는 시간이 늘어나면서 아빠를 찾는 시간이 늘어났다. 그래도 시간의 유효함을 알고 이것 또한 한 때라는 생각에 아빠 나름의 지니 놀이를 즐기기 위해 노력했다.

아이의 몸무게가 15kg이 되면서 안아주는 것이 점점 버거워지기 시작했지만 그래도 안을 수 있는 시기가 지금이 마지막이라는 생각에 아이를 많이 안아주었다. 그리고 좌우로 흔들흔들하면서 바이킹을 태워 주기도 하고 누워서 비행기를 태워주면서 시간을 보내기도 했다. 아이가 즐거워하는 모습을 볼 때면 나 역시 행복해졌다. 아빠의 제일 소중한 시간을 아이와 함께 보낼 수 있다는 것은 보통 일이 아님에 틀림없다. 아주 특별한 일이기 때문에 아이와 함께 있는 시간이 재밌고 보람이 느껴졌다.

아이와 레고를 만들어 보기도 하고 그림도 같이 완성을 해본다. 아이와 대화를 나누면서 각자 생각을 나누기도 하고 아이의 제안을 들어보면 재밌다.

"우리 이렇게 하기로 하자"로 시작하는 아이의 제안은 언제나 열린 자세로 경청을 해본다. 그리고 아빠가 제안할 때도 있다. 이렇게 서로 의견을 나누고 함께 만들어 간다는 것이 아빠와 딸의 관계를 더욱 돈독히 해주는 계기가 되었다.

아빠를 자주 찾아주는 아이 덕분에 아빠도 아이와 함께 성장해 나갈 수 있었다. 어른이라고 아이보다 우위에 있고 무조건 도와주기만 해야 하는 입장처럼 보이지만 생각보다 아이를 통해 배우는 것도 많다. 그리고 내 생각이 다 옳다고만 할 수는 없다는 것을 알았다. 오히려 아빠의 행동에 의문을 제기하기도 하고, 때로는 아주 날카롭고 예리하게 다가올 때가 있어 당황스러울 때도 있다. 그때마다 아빠 역시 배운다는 생각을 가질 수 있었다.

육아서를 읽는 아빠

양육자의 길은 쉽지 않았다. 지금 내가 잘하고 있는 건지 잘 모르겠고 육아의 난관에 부딪힐 때면 어찌해야 할지 몰라 발을 동동 구를 때도 있었다. 그래도 어려운 시기마다 도움을 주고 중심을 잡게 도와준 것은 육아 책이었다.

집의 책장 한 칸이 육아서로 빼곡히 차 있었다. 아내가 사둔 책인데 결국 현실 육아에 참여한 아빠의 갈증을 해소하게 해주는 오아시스 같은 존재가 되었다. 4~7세 시기가 정말 중요하다는 내용도 있었는데 아이의 시기가 6~7세여서 공감이 많이 되었다.

책을 읽고 나서 바로 현실 육아에 적용을 해볼 수 있어서 좋았다. 그리고 책에서 읽은 만큼 현실에서는 적용이 잘 안되는 것들도 있었다. 아빠는 육아 책을 보면서 내용을 정리하여 블로그에 후기를 올렸다. 조금이라도 더 머릿속에 오래 저장하고 싶은 마음에 한 권의 책을 정독하기도 하고 아니면 필요한 것들 위주로 보기도 했다.

그러다가 아이 친구로부터 받은 동화 전집을 계기로 아이에게 그림책을 읽어주기 시작했다. 하루에 3~4권씩 읽어 주다 보니 목은 아팠지만, 아이가 책의 내용을 재밌어해서 계속 읽었다. 아이에게 읽어주면서 아빠 역시 동화의 이야기들에 대해 다시 한번 생각해 볼 수 있었다. 아이 때 읽었던 동화들이 어른이 되어 읽으니 다른 관점에서 느껴지는 책들이 있었다.

무엇보다 그림책에 대한 나만의 고정관념을 깰 수 있는 시간이 되었다. 그동안 아이들만 보는 책이고 수준이 떨어질 거라는 생각에 멀리했는데, 읽어 보니 마음에 위안을 주는 책들이 있었다. 꼭 아이들을 위한 것이 아니라 어른도 그림책을 볼 수 있고 충분히 공감하고 감동을 할 수 있다는 것을 깨달았다. 더 나아가 그림책 작가들에 대한 책도 읽으면서 그림책을 쓰는 사람들은 어떤 생각을 갖고 있는지 알게 되는 시간이었다.

책을 통해 아이를 조금이라도 이해하고자 하는 마음을 가지게 되었고 우리 아이가 어떻게 하면 자존감 높고 자립적인 아이로 성장할 수 있을지 알아볼 수 있었다. 그리고 아이는 부모의 거울이라고 하는 말처럼 아빠가 책을 열심히 보니 아이 역시 책을 잘 읽었다. 아빠가 책을 보고 있을 때면 옆에 와서 책을 읽고 있고 혼자 읽기 힘들 때는 아빠에게 책을 읽어달라고 먼저 와서 도움의 손길을 내민다.

아이와 함께 시간을 보낼수록 아이의 표정이 점점 밝아지고 긍정적인 모습들을 볼 때면 아이에게 부모의 존재와 역할은 상당히 크다는 것을 다시 한번 느꼈다.

개인적으로 읽었던 육아 책 중에서 오카와 시게코 교사의 『아이를 사랑하는 일』이라는 책이 매우 인상 깊었다. 책에 언급된 오마타 유아 생활단은 몬테소리 교육과 아들러 심리학을 기본 교육 철학으로 두고 아이의 자율성과 책임감을 키워 아이가 가진 잠재력을 살리는 데 중점을 둔다고 한다. 우리가 아이를 키우고자 하는 방향과 일맥상통하여 큰 도움이 되었다.

아이와 함께 자란다

아이와 보내는 시간이 처음에는 즐겁지 않았다. 생산적이지도 않고 비효율적인 요소들이 많게 느껴졌다. 아이가 '캐치티니핑'을 좋아하게 되면서 아빠에게 '캐치티니핑' 캐릭터들을 소개해 주고 개인과외를 시켜준다. 아이가 내는 암기 테스트에서 '캐치티니핑'의 캐릭터를 다 맞추고 나니 갑자기 이게 뭐 하는 것일까 하는 의문이 들었다. 이 캐릭터를 외우는 것이 나에게 어떤 도움이 되는 걸까? 비생산적으로 느껴졌다.

하지만 아이와 함께하는 시간 속에서 그동안 꽉 막혀 있던 생각들이 다시 유연해지기 시작했다. 아이와 대화를 나누면서 더 좋은 아이디어들이 머릿속에 떠오르기도 하고 즉각적으로 실행을 하면서 아이와 함께 결과를 지켜보기도 했다. 그리고 늘 아빠가 맞다는 생각이 깔려 있었지만 아빠도 틀릴 수 있다는 것을 인정하면서 양육자로서 한 뼘 더 성장하는 계기가 되었다.

아이에게 짜증을 내고 아이의 행동이 귀찮게 느껴질 때가 있었는데 돌이켜보면 늘 아빠의 문제였다. 체력이 떨어지고 몸이 좋지 않을 땐 예민하게 아이에게 대한다는 것을 알게 되었다. 그래서 제일 좋은 방법은 아빠가 좋은 체력을 가질 수 있도록 운동을 하고 좋은 음식을 먹으면서 건강관리를 꾸준히 하는 것이었다. 아빠의 체력이 살아나니 아이의 어떤 행동도 긍정적으로 수용할 수 있는 자세를 가지게 되었다.

참다못해 아이에게 화를 내고 나서 시간이 지나 화가 가라앉으면, 아이에게 미안한 마음이 제일 먼저 든다. 아이에게 다가가 바로 사과를 하고 아이의 입장에서 다시 생각해 보았다. 그리고 아이에게 아빠가 왜 화가 났는지 솔직하게 표현하고, 이런 부분은 아빠도 잘못했고 미안하다고 말해주었다. 아이는 아빠의 솔직한 화해의 제스처에 화답을 해주었고, 결국 포옹으로 마무리를 잘할 수 있었다. 그 후 더 가까워지고 아이는 아빠를 더 믿고 의지하면서 지낼 수 있었다.

아이와 함께하는 순간에도 늘 협상의 연속이었다. 아이의 주장이 강해지는 시기여서 아이와 협상 테이블에 앉아 거래하기에는 역부족이었지만 무엇보다도 상대방을 이해하는 마음이 아이의 마음을 움직이게 했다. 늘 아빠의 마음처럼 따라와 줬으면 하는 마음이 앞서지만, 그것은 아빠의 욕심이었다. 아이도 아이만의 생각이 있다. 그런 아이의 생각이 틀리지도 않는다. 아이를 존중하는 마음을 가지는 것만으로 아빠의 성장도 시작되어 가고 있음을 깨달았다.

육아는 어렵고 매 시기 이벤트들이 찾아와 성장통을 경험하지만, 그 시기를 잘 넘길 때마다 행복을 느끼게 되었다. 이 기쁨을 알게 해주어 정말 감사함을 느낀다.

아이의 기억력

아이와 대화를 나누다 보면 깜짝 놀랄 때가 있다. 전혀 기억을 못할 거라 생각하고 말한 것에 대해 아이가 정말 생생하게 기억하는 것을 본 적이 있다. 첫돌 이전의 기억을 물어보면 기억하지 못한다. 그러나 4~5세 때 이야기는 아이 스스로 꺼낼 때가 있었다.

아이는 6세가 되면서 친구와 선생님이 몇 층에 사는지 생일이 며칠 인지를 외우고 다닌다. 그리고 친척 집과 친구 집에 집들이를 갔다 오면 누구네는 몇층이었다고 숫자로 기억을 끄집어내고 있었다. 아이의 기억법은 숫자로 연결하여 추억을 찾고 있었다.

이제 아이는 기억을 하기 시작했다. 지금 이 시기가 중요한 이유도 지금의 기억을 어른이 되어도 할수 있기 때문이다. 나 역시도 여섯 살 때부터 기억이 생생하게 나고 있다. 모든 기억이 나는 것은 아니지만 아빠, 엄마와 함께했던 아주 특별한 경험들에 대해서는 아직도 생생하게 기억하고 있다. 결국 유아기 때의 기억을 평생 가져갈 수 있기에 지금 이 시기에 즐겁고 행복한 추억을 많이 쌓아 두는 것이 필요한 것 같다.

인생의 재테크는 돈이라는 자산뿐 아니라, 건강해지는 것도 자산의 일종이고 아름답고 행복한 추억을 많이 쌓는 것 역시 즐거운 인생을 사는 데 원동력이 되어주는 값진 자산이라는 생각이 들었다. 그런 면에서 아이와 함께한 시간은 매우 가치 있는 일이다. 아이와의 추억 수집이라는 관점에서 이 시기가 황금기가 될 것 같은 예감이 들었다.

이 시기에 가장 먼저 한 일은 아이와의 일상 생활이 담긴 육아일기를 글로 남겼다. 매우 평범한 일상이지만 아이가 성장하는 모습을 남기고 싶었다. 아이와 함께 시간을 보내고 사소한 에피소드들을 남기면서 먼 훗날 아이와 함께 지금, 이 순간을 추억하고 싶은 마음이었다. 시간이 지나면 지날수록 기억은 점점 흐려지겠지만 글로 남겨둔다면 그 시간

을 잊어버리지 않고 필요하면 언제든지 다시 꺼내
볼 수 있다는 점 때문에 기록을 남기게 되었다.

기록들은 아이와 아빠를 연결하는 매개체가 될
것이고, 사방에 흩어진 기억 조각들이 하나로 연결
되는 역할을 해줄 거라 생각한다. 백수 아빠가 아이
에게 줄 수 있는 최고의 선물은 아이와 함께 추억
수집을 하는 것이다.

다양한 경험 속에서 아이와 함께 느꼈던 수많은
감정이 우리의 기억 속에 차곡차곡 쌓이고 있다. 기
록을 남기다 보니 욕심이 생겨 모든 기억을 다 남기
고 싶어진다.

아이와 추억을 수집하는 특별한 여정은 아직도
현재진행형이다. 이 시간을 조금이라도 더 알차고
유의미하게 보내고자 하는 마음이 간절하다. 우리
의 기록이 우리 가족 역사의 시작이고 평생 살아가
는 데 힘이 되어줄 원동력이 될거라고 생각한다.

3부. 평생 간직하고 싶은
아빠의 육아 기록

지구 방위대 놀이

\# '일'과 '놀이'의 차이
\# 놀이는 놀이일뿐
\# 놀이터에서 노는 게 좋아
\# 산에서 먹는 즐거움

일요일에 아이와 함께 시간을 보냈다. 무엇을 할지 아빠가 직접 정해주기보다는 아이와 함께 상의하고 의견을 나누었다. 아이가 뭘 해야 할지 잘 모르겠다고 하면 선택지를 몇 개 주고 원하는 것을 직접 결정하도록 도와주었다.

예전에 북한산자락 길을 걸으면서 버려진 쓰레기들을 봤던 기억이 났다. 그때 당시, 아이는 쓰레기를 버리면 안 되는데 왜 버렸는지 이해가 안 간다고 했다. 갑자기 그 말이 생각나서 아이에게 제안했다. "우리 쓰레기를 줍는 지구방위대 놀이를 해볼까?" 물으니, 아이는 웃으면서 흔쾌히 좋다고 답했다.

우리의 준비물은 쓰레기봉투 20ℓ 1매, 비닐장갑(대) 1쌍, 비닐장갑(소) 1쌍이다. 혹시나 배가 고플 수 있으니, 간식과 물, 커피를 텀블러에 챙겨 출발했다. 꼭 비싼 돈을 줘야 놀이를 할 수 있고 재미를 얻을 수 있는 것이 아니라는 사실을 깨닫게 되었다.

'백지장도 맞들면 낫다'는 속담처럼 아빠와 딸이

비닐장갑을 낀 손으로 쓰레기봉투를 맞들고 걸었다. 아빠와 딸이 지구를 지키겠다는 대의를 가지고 하나로 뭉쳤다. 비장한 각오로 발걸음을 맞추면서 바닥을 내려다보며 걸었다.

등산로 입구에 가기도 전에 길가에 담배꽁초가 너무 많았다. 아이는 담배꽁초를 열심히 줍기 시작했다. 열심히 하는 아이의 모습을 보고 '일'과 '놀이'의 차이를 알게 되었다.

아이에게 일을 시키면 절대 안 한다. 심지어 본인이 어질러 놓은 책상을 정리하라 해도 "싫어" 한마디하고 자리를 피한다. 그런데 놀랍게도 지구방위대 놀이가 되는 순간 아이의 눈빛과 행동이 달라지기 시작했다.

누가 시키지 않아도, 다른 사람에게 인정받고자 하는 것이 아님에도 불구하고 순수하고 자발적인 모습을 보이는 딸이 참으로 기특했다.

등산로 입구에 진입했다. 환경지킴이 지구방위대의 특명을 받들어 "등산로에 버려진 쓰레기를 주워 지구를 지키자."고 거창하게 외쳤는데 막상 진입로에 쓰레기가 없어 아이는 아쉬움을 토로했다. 하지만 그것은 착각이었다. 길을 따라 땅을 자세히 들여다보니 낙엽 속에 숨어있는 스티로폼이 보이기 시작했다.

하나를 찾고 나니 그다음부터 쓰레기들이 아주 잘 보였다. 아이는 쓰레기를 찾는 것을 놀이처럼 했고 보물찾기를 하듯이 주운 쓰레기를 봉투에 넣으면서 채우는 재미에 흠뻑 빠져들었다. 산에서 찾은 쓰레기들의 대부분이 사탕 껍질이었다. 에너지 보충을 위해서 초콜릿, 사탕을 준비하는 것은 좋지만 드신 후에 쓰레기는 길가에 막 버리지 않았으면 좋겠다.

아이가 몰입하여 쓰레기를 줍는다. 놀이의 힘은 막강했다. 아이의 집중력을 높여 주었다. 이것을 보면 동기부여라는 것이 정말 중요하다. 외적동기보다 내면에서 우러나오는 내적동기가 중요함을 깨닫는다. 한두 개 줍고 안 할 줄 알았는데 쓰레기를 보물인 양 열정적으로 찾고 줍는 딸에게 감동했다. 사실 엄마를 찾지 않고 아빠와 함께하는 것도 기특한데 지구를 지키겠다는 대의를 가지고 유익한 시간을 보낼 수 있어 감사했다.

쓰레기를 버려도 벤치 나무 틈 사이에 꼭꼭 숨겨놓는 사람들. 차라리 눈에 띄는 곳에 버린 것은 담기가 쉬웠다. 아이는 나무 막대기를 가져와서 틈 사이까지 꼼꼼하게 쑤셔서 쓰레기를 빼냈다. 밑으로 떨어진 쓰레기를 하나도 놓치지 않았다. 아이의 열정이 이 정도일 줄은 몰랐다.

종량제 봉투에 3분의 1 정도 채워진 쓰레기. 아파트 단지부터 1차 목표지점(장군바위)까지 올라오면서 보이는 쓰레기를 담았다. 아이는 우리가 주운 쓰레기가 많다면서 기뻐했다. 아이에게 물개박수도 쳐주고 엄지척도 해주었다.

여태껏 아빠와 한 놀이 중에 제일 열심히 최고로 잘했다. 정상에 도착해서 열심히 일한 우리 부녀는 간식타임을 가졌다. 준비해 간 보리 쫀드기를 한 가닥 찢어서 먹었다. 산에서 먹는 건 다 맛있었다. 그리고 텀블러 두 개에 받아 간 커피와 물을 마시면서 휴식을 취했다.

뛰어놀기 시작하는 아이. 'H'라고 적혀 있는 블록 위로 징검다리라면서 뛰어다닌다. 그리고 아빠를 부른다. "아빠, 일루와." 바위산은 올라가기는 힘들었지만 정말 멋있다. 산을 보니 마음도 편해진다. 새들의 노랫소리도 경쾌하게 들려 기분이 좋았다.

지나가던 등산객 할아버지가 대화를 가족들과 하신다. "맨발로 등산하는 것이 건강에 그렇게 좋대."라고 말씀하셨는데 아이가 그 말을 듣더니 양말을 벗고 싶다고 했다. 맨발로 있고 싶다고 해서 그러라고 했다. 예전 같았으면 무조건 안 된다는 말을 먼저 했을 텐데. 이제 아이의 의사를 존중해주고 있다. 물론 위험한 것들에 대해서는 여전히 안 된다고 말한다.

아이 혼자 바위 위로 맨발로 돌아다니는 모습이 좋아 보여 아빠도 신발과 양말을 벗었다. 아빠와 딸의 신발을 나란히 놓았다. 딸과 함께 발 사진은 처음 찍어본다. 오늘은 발이 주인공이다. 산까지 올라오는데 정말 중요한 역할을 해주었다. 무거운 우리 몸 전체를 지탱해 주는 발에도 고맙다. 그 고마움을 인증사진으로로 남긴다. 아이와 계속 빙글빙글 바위 위에서 돌아다녔다.

아이에게 "우리는 지금 자연 키즈 카페에 와 있다"고 하니 아이도 공감을 한다. 바위 위에서 노는 것이 정말 재미있다고 한다. 우측에 낭떠러지 같은 곳이 있어 그 곳에 갈 때마다 주의를 주었지만, 본인 자신도 무섭다는 것을 인지해서 안전한 지점에서 계속 돌아다녔다. 이 곳에서 1시간을 넘게 놀았다. 새소리와 바람 소리를 들으면서 아이와 소리가 들리는지? 무슨 생각을 하는지? 이야기를 나누기도 했다.

아이와 많은 이야기를 나누었다. 아이도 할 말이 많은지 "내 말 들어봐"라고 한다. 그리고 바위들의 생김새를 보고 무엇을 닮았는지 이야기를 나누었다. 처음에는 아이가 자신의 침대라면서 앉았다. 그러다가 바위가 고릴라가 누워있는 것 같다고 말한다. 바위가 아이의 상상력까지 자극을 시켜주는 것 같다. 오늘은 아이와 세상에 단 둘이 있는 것처럼 놀았다.

아침에 아이가 컨디션이 좋지 않았다. 어린이집에 감기가 유행하다 보니 절반 이상의 아이들이 가정 보육을 하는 상황이다. 그동안 건강하게 잘 버텨주고 있다고 생각한 아이가 드디어 감기 증상을 보여 가정 보육을 하기로 급히 결정했다.

하지만 30분, 1시간이 지나면서 점점 쌩쌩해지는 아이를 보고 "어린이집을 보낼 걸 그랬나?" 하는 생각이 머릿속을 스쳐 지나갔다. 하지만 유혹을 뿌리치고 아이와 함께 있는 이 시간을 의미 있게 보내기로 했다.

오전에는 다행히도 집에 와 있는 처남이 스스로 지원군이 되어주었다. 아이와 함께 보드게임을 하면서 잘 놀아주어 고마웠다. 대신 그 시간에 점심을 준비했다. 밥을 다 먹고 나서 심심해하는 아이를 위해 오후에 무엇을 할지 이야기를 나눴고 '지구방위대 놀이'를 하기로 했다.

이번에도 제대로 해보자는 생각으로 아이와 같이

비장한 각오를 가졌다. 예전에 아이 삼촌이 이벤트에 참여하여 받았던 줍깅 키트가 생각났다. '지구방위대 놀이'와 아주 딱이었다.

지구방위대 아빠와 딸은 놀이에 필요한 아이템을 장착하고 나서 신이 났다. 노란 목장갑을 끼고 기쁜 마음에 사진 한 컷을 찍었다. 지구방위대 출발을 외치면서 발 사진도 찍었다. 그리고 주먹 인사도 하며 비장한 각오로 "우리 동네 등산로에 쓰레기를 다 줍겠다"는 마음으로 나섰다. 아빠와 아이는 진지한 표정으로 지구를 살려야 한다는 사명감을 가졌다.

비닐장갑에서 목장갑으로 바뀌니 아이의 능력치가 향상되었다. 올라가는 길부터 쓰레기를 주우면서 올라갔다. 시작부터 꽤 주웠다. 아이에게 산에 올라가서 많이 줍자고 했다. 등산로의 쓰레기는 치우는 사람들이 없어 거기가 문제라고 알려주었다. 이번에도 함께 쓰레기봉투를 맞잡으며 걸어갔다.

돌로 된 길을 걷고 열심히 올라갔다. 기온이 많이 올라갔다. 낮 최고기온이 25℃라고 하던데. 반팔을 입었는데도 아이는 덥다고 난리다. 버려진 마스크,

휴지 조각을 주워 쓰레기봉투에 담았다. 매번 올 때마다 쓰레기가 생긴다. 전보다 담배꽁초가 많이 줄어든 것은 다행이었다.

5분 정도 걷자 아이는 갑자기 다리가 아프다면서 정자에 앉겠다고 한다. 그늘에서 잠시 쉬는 동안 아이에게 건너편 산 위에 설치된 조망대(백련산)를 가리키며 저기 갈 거라고 이야기를 해주었다. 아이는 듣는 둥 마는 둥 하더니 갑자기 허벅지가 따갑다면서 컨디션 난조를 보인다.

오늘의 지구방위대는 허무하게 종료했다. 그 어느 때보다 지구방위대 장비를 장착하여 비장한 각오로 시작했지만 끝은 빠르고 아쉽게 마무리가 되었다.

집으로 가자던 아이는 가는 길에 있는 아파트 단지 내 놀이터에서 잠깐 쉬고 싶다고 했다. 하지만 놀이터 놀이기구를 보자마자 탔다. 이럴 에너지가 남아있으면 산에 올라가고도 남았을 것 같은데 아이는 오늘은 놀이터에서 놀고 싶었나 보다.

시간이 조금 흐르고 나서 아이는 "엄마와 삼촌이

지금 내가 산에서 쓰레기를 엄청 열심히 줍고 있다 생각하겠지. 그런데 놀이터에서 놀기만 하네!"라고 아빠에게 멋쩍어하며 말했다.

집에 도착하여 아내가 오늘 잘했냐고 묻는다. 놀이터에서 놀다가 왔다고 하니 아내는 웃었다. 오늘은 복장도 신경 쓰고 비장한 각오를 다진 매우 특별한 날이었는데 막상 놀이터에서 놀다 온 시간이 더 많아 생각할수록 웃음이 나왔다.

한편 아이의 관점에서 "놀이는 놀이일 뿐"이지 않을까. 어떤 놀이를 하다가 다른 놀이가 하고 싶어 갑자기 바꿀 수도 있다. 반면에 어른들의 마음은 하나를 시작했으면 끝을 봐야 하는 마음이 강하고 오늘의 목표를 반드시 달성해야 하는 것이 큰 차이였던 것 같다. 어른의 관점에서 늘 아이를 바라보지 않았을까. 아이 그 자체로 바라보는 연습을 해보자.

아이가 아침에 갑자기 어린이집을 가기 싫다고 한다. 오늘은 아빠와 놀고 싶다고 했다. 어린이집에 가야 한다고 아이를 계속 설득을 해보았지만 소용이 없었다. 아이가 양말을 신기면 계속 벗었다. 이렇게 몇 번의 줄다리기 끝에 화가 치밀어 오르기도 하고 지쳐갔다.

아이도 안 가고 싶은 이유를 대면서 물러나지 않을 기세를 보였다. 아빠를 설득하려고 애쓰는 모습이 웃기기도 하고 왜 가기가 싫은지를 솔직하게 이야기 해주어 집에서 같이 시간을 보내기로 했다.

오후에 오랜만에 지구방위대 놀이를 하기로 했다. 아이는 한동안 우리가 활동하지 않아 쓰레기가 많이 쌓였겠다면서 이번에는 백련산 코스로 가자고 먼저 제안했다.

아이와 함께 집 밖을 나섰고 주변 경치를 보면서 계절의 변화를 알아챘다. 매일 걷는 길인데도 볼 때마다 새로웠다. 아이는 오늘도 쓰레기가 있는지 유심히 땅을 관찰했다. 비가 오고 바람이 불어서인지 쓰레기들이 땅속에 묻혀 있기도 하고 낙엽 속에 파묻혀 있었다. 꽤 오랜 시간이 지난 것 같은 비닐인데... 색은 바랬지만 썩지는 않는다. 팩에 들어있는 음료를 마실 때 자르는 부위가 많이 버려져 있다. 날씨가 더워지니 아이스크림 봉지도 보이기 시작했다.

쓰레기를 줍는 부녀를 뒤에서 바라보던 할아버지께서 초콜릿 2개를 아이에게 건네주신다. 아이가 산에 올 때마다 어르신들은 귀엽기도 하고 기특해 보이는지 한마디 해주신다. 아이는 낯선 사람에게 경계의 눈빛을 보이다가 초콜릿을 보더니 마음이 열리고 활짝 웃었다.

등산로 근처에 놀이터가 있는 것을 발견한 아이는 아빠에게 놀이터에서 놀자고 했다. 아이에게 지금 최고의 공간은 놀이터인 것 같다. 아빠와 시소를 타면서 엉덩방아를 찧으면서도 재밌다고 했다. 지구방위대 놀이 코스에 놀이터를 가는 일정을 아이를 위해 넣어야 하는 것 같다.

재택근무를 하는 아내를 계속 방해하는 아이. 화상 회의를 하는데 자꾸 들어가는 아이를 저지하기 위해 결국 지구방위대 놀이를 하기로 했다. 아이는 아빠와 지구방위대 놀이 하는 것을 매우 좋아한다.

어린이집에서 환경 보호와 관련된 활동들을 많이 해서 아이는 지구를 살리는 일에 각별한 애정을 가지고 있다. 아빠와 같이 지구를 살리는 일을 한다는 사명감에 지구방위대 출동하자고 하면 아이는 즐거워했다.

등산로 진입 시작점에 반려견의 배설물을 보고 아이가 놀랐다. 반려견 산책을 시키는 건 좋은데 의외로 매너를 안 지키는 시민들이 많다. 아이가 비닐에 싸서 배설물을 가져가야 하는데 그러지 않았다면서 자신이 알고 있는 방법을 말해주었다.

영유아기에는 몰라서 안 하는 것을 제외하고는 배운 것들을 지키려고 노력을 많이 한다. 아빠, 엄마의 행동에서 잘못된 것을 지적하기도 했다.

산에 함께 오르면서 아이는 힘들다는 이야기를 하지 않는다. 쓰레기가 보이지 않는다면서 오히려 쓰레기 주울 생각만 하고 올라갔다. 지구방위대 놀이 경력이 쌓이자 아이는 아빠에게 왜 사진만 찍는지 불만을 표현했다. 아이의 잔소리가 늘기 시작했다. 그래서 오늘은 아빠가 더 열심히 주웠다. 벤치 뒤에 버려져 있는 쓰레기들을 발견하고 모두 수거하여 쓰레기봉투에 모았다. 차곡차곡 쌓이는 쓰레기 더미를 보는 아이는 성취감을 느끼는듯했다.

날씨가 좋아지면서 도시락을 싸서 오시는 등산객들이 있는데 의외로 쓰레기를 많이 버렸다. 전에 어떤 아저씨가 내가 보일 때는 안 버리다가 아무도 없다고 생각했을 지점에 다다르자 사용한 물티슈를 바로 던져 버렸다.

금강산도 식후경이라는 말이 있듯이 산 정상에서 즐거움을 느끼기 위해 출발 전에 편의점에서 아이가 먹고 싶은 과자를 골라 가기로 했다. 아이는 무슨 과자를 살지 고민하다가 새우 과자를 골랐다. 사실 달콤한 과자를 고르기를 내심 기대했는데 짠 과자를 먹고 싶다고 했다.

새우깡 디자인이 바뀌었네 하고 아무 생각 없이 계산했다. 그리고 열심히 일한 아빠와 딸은 전망대에 도착하여 시원한 바람을 맞으며 과자를 먹기로 하고 가방에서 꺼냈다. 그런데 순간 '매운'이란 글자가 선명하게 보였다. 순간 아차 싶었다. 계산했을 때 왜 이걸 못 봤지. 아이에게 글씨를 보여주었다. 아이는 매운 거냐고 물어본다. 그래도 본인이 결정해서 산 과자라서 그런지 쿨한 반응을 보였다.

한 개, 두 개, 세 개를 먹고 나더니 "아 매워" 소리를 지른다. 바로 준비해 간 물통을 입에 물려준다. 아이는 계속 맵다고 말하면서 계속 먹었다. 그래도 본인이 고른 과자라서 그런지 매워도 열심히 입을 식히고 또 먹어서 다행이었다.

아이와 함께 지구방위대 놀이를 하며 흘린 땀은 매우 가치 있었고 자연 놀이터에서 아이와 함께 보낸 시간은 우리만의 보물 찾기가 되었다.

지구 방위대 첫 출동!

지구 방위대 장비를 장착하고.

마무리는 누구보다 빠르게 !

농사 체험 활동

\# 횡성에서 일주일
\# 옥수수 심기 체험
\# 아이를 키우는 일
\# 수확의 기쁨을 누리다

아이와 일주일 동안 강원도 횡성에 위치한 할아버지, 할머니 집에서 지내면서 밭에도 가보고 작물도 직접 심어보는 시간을 가졌다.

지난겨울에 수확이 끝난 옥수숫대를 보고 아이는 무엇인지 물어봤다. 옥수숫대라고 말하니 이해를 못 했고, 옥수수의 노란 알갱이가 여기서 나온다고? 어리둥절한 표정을 지었다. 그래서 올해는 아이에게 조금이라도 과일과 야채가 어떻게 수확하는 건지를 현장에서 보여주고 싶었다.

주중에 회사에서 일하고 금요일에 퇴근 후 KTX를 타고 횡성에 내려온 아내가 자기 전, 아이에게 오늘 한 일들을 물어봤다. 아내가 아이에게 오늘 무엇을 심었냐고 물었더니 아이는 "양상추"라고 하면서 함박웃음을 지었다. 처음 해 본 거라 재밌었다고 했다. 그리고 아이는 아빠한테 오늘 나무 머리를 잘라주는 게 재밌었냐고 물어봤다. 아빠 역시 전지작업을 처음 해보는 거라서 잘 안되었지만 그래도 정성 들여 재밌게 했다고 아이에게 말해주었다. 헤어 디

자이너가 된 것 같은 마음으로 나무 모양을 예쁘게 자르려고 심혈을 기울였다.

할아버지, 할머니 집에 와서 가장 좋은 점 중 하나는 아이가 고 영양가의 음식들을 많이 섭취할 수 있다는 점이었다. 아이가 먹고 싶다는 건 뚝딱 만들어 주시는 할머니의 요리 실력 덕분에 아이는 오늘도 배가 풍선처럼 불어나 있다.

집안이 아이 덕분에 활기를 찾은 것 같고 가족들의 입가에 웃음이 떠나질 않았다. 한 지붕 아래 아이부터 아이의 증조할머니까지 사대가 함께 공존하면서 어린 시절 나의 모습이 저절로 기억나기도 했다. 부모가 되어보니 부모님의 마음을 이제는 조금은 이해하는 것 같다.

농촌의 아침은 빠르게 시작되었다. 대신 잠자는 시간이 평소보다 매우 빨랐다. 아이는 평소 밤 11시에 잠이 들었는데 시골에 오니 모두가 일찍 잠드는 분위기에 동참하여 9시에 잠이 들었다. 그런데 문제는 일찍 자니 일찍 일어났다. 새벽 5시에 눈이 떠져 생생하게 활동하는 아이도 감당이 되질 않았다.

아침 일찍 옥수수를 심을 준비를 마쳤다. 아침 식사를 하고 밭으로 갔다. 일찍 일어난 아이도 옥수수 심기에 동참했다. 옥수수를 심는 기구를 이용하는 것이 흥미로웠는지 관심을 보이고 열심히 했다. 아이는 옥수수 모종을 땅속에 넣어주는 일을 잘했다.

시간이 지나면서 점점 흥미가 떨어졌다. 주변에 모든 일에 간섭하기 시작하고 본인이 직접 이거 해보겠다 저거 해보겠다 하면서 다 해보고 검은 비닐을 모종삽으로 찢기도 했다.

도움과 방해 사이에서 왔다 갔다 하는 아이였지만 그래도 생각보다 많이 도와주어 고마웠다. 이제 옥수수가 어떻게 나오는지 앞으로 시간을 두고 지켜보자고 했다.

할아버지는 옥수수를 수확하면 어린이집에도 보내 주겠다고 아이에게 약속했다. 아이는 신이 났다. 자신이 심은 옥수수라 더 큰 의미가 있었고 노력의 결과물로써 옥수수가 올해는 더 맛있을 것 같다.

이번에 아내와 아이 모두 옥수수 심기에 참여하였다. 부모님을 도와드릴 수 있어 좋았고 아이가 할아버지, 할머니와도 즐거운 추억을 만들 수 있어 좋았다.

옥수수 모종 심기 첫 체험

아이와 같이 심었던 옥수수가 많이 자라 있었다. 아주 작았던 옥수수가 이제는 아이 키의 두 배가 되었다. 아이는 본인이 직접 심었던 식물들이 자란 모습을 신기해했다. 그리고 평소 마트에서만 보던 오이가 주렁주렁 매달려 있으니 가서 구경하고 한 번 더 만져 보기도 했다.

아이를 기르는 것도 그렇고 식물도 그렇고 시간이 지나 돌이켜보면 정말 빨리 자라는 것 같다. 매일 같이 지내고 있어 아이가 자라는 것이 느껴지지 않다가도 가끔 침대에 누워 자고 있을 때 많이 컸다는 것을 실감한다. 아이가 자라는 과정을 기록하고 당시에 느꼈던 소중한 감정들을 생생하게 기억하고 싶다. 지금 이 순간만 볼 수 있는 아이 본연의 모습에만 집중을 해봐야겠다.

자식을 키우는 것은 농사와 많이 닮았다. 다 때가 있다. 그 시기를 놓치면 한 해 농사를 망치게 된다. 자식 농사 역시 때가 있는데 그 시기를 놓치면 평생을 망칠 수도 있다. (일부의 예이고 자식 농사는 사

77

랑의 힘으로 나중에도 극복할 수 있다고 생각한다.)
따라서 적절한 시기에 잘 자랄 수 있도록 애정과 관
심을 가지는 것이 정말 중요하다고 생각했다.

수확할 때까지 농부의 인내가 필요하고 그 과정
은 매우 정직하고 우직하게 이루어지는 것처럼 아
이를 키우는 일 역시 수많은 인내가 따른다. 아이를
키우고 자라는 것을 지켜볼 수 있다는 것은 정말 보
람된 일인 것 같다.

2023년 7월 20일 | 수확의 기쁨을 누리다

아이와 함께 옥수수를 심고 봄에서 여름으로 넘
어가 한여름의 무더위를 경험하고 나니 수확 철을
맞이했다. 할아버지, 할머니께서 손녀가 농사에 참
여하여 수확한 옥수수를 약속한 대로 어린이집에
보내주셨다.

정성 들여 키운 유기농 옥수수라 맛이 좋을 뿐만 아니라 믿고 먹을 수 있다는 것에 자부심을 느꼈다. 아이 역시 자신이 심은 옥수수라는 사실에 커다란 의미를 부여했고 내가 키운 옥수수를 어린이집 선생님과 친구, 동생들과 나누어 먹을 수 있다는 것을 좋아했다.

농사를 체험해 보니 힘들다는 생각이 많이 들었다. 부모님의 농사를 많이 도와드리지 못한 점이 마음에 많이 걸리기도 했다. 집에 갔다 올 때마다 수확한 작물을 한 박스 가득 실어 주셔서 늘 감사하는 마음을 가지고 있다. 이제는 너무 양이 많아 썩어 버리는 일이 없도록 알뜰히 다 잘 해 먹는다.

아이까지 동원하여 부모님의 고생을 조금이라도 덜 수 있었다는 점이 이번 여름의 가장 큰 수확인 것 같아 마음이 편했다. 아이가 옥수수를 먹는 모습을 볼 때마다 옥수수 농사 체험이 떠오를 것이다.

옥수수야 쑥쑥 크렴 ~

혼자 물 주기 도전

아이 키보다 커진 옥수수

공동육아 어린이집

개미야 너희 집은 어디니?
아이들의 심폐소생술 놀이
가족 모둠 활동
한 여름 캠핑의 추억
강화도 고구마 체험
1박 2일 모꼬지

어린이집 *일일교사를 했다. 우리 아이들이 어떻게 지내는지 가까이서 볼 수 있어 좋다.

일반 어린이집과 유치원의 경우는 부모 초청 행사가 아니고서 아이가 어떻게 지내는지 알 길이 없지만 부모협동조합으로 운영이 되다 보니 아이들의 모습을 자세히 지켜볼 수 있고 원아 대비 선생님 비율이 매우 높은 장점을 가지고 있다.

오늘은 '돌 놀이터'라 불리는 곳으로 나들이를 출발했다. 높은 언덕을 오르는 아이들의 발걸음이 가벼워 보였다.

* 일일교사
공동육아 어린이집에서는 보통 선생님이 연차를 사용할 경우 공백을 각 가정의 아빠, 엄마가 채우고 있다. 학기 중 채워야 할 의무 시간을 정해놓고 미 수행 시에는 벌금을 부과하는 제도가 있다.

중간쯤 도착했을 때 잠깐 힘들어했지만 한 걸음 두 걸음 소리 내어 발을 맞추고 스무 걸음까지 몇 번 반복하니 어느새 목적지에 도착했다.

이곳은 개미들의 성지였다. 왕개미 열댓 마리가 송충이 사체를 협동하여 나르는 모습을 아이들과 빙 둘러앉아 지켜봤다. 개미의 힘뿐만 아니라 협동심이 인상적이었다.

아이들은 지켜보다 송충이를 나무 막대기로 찔러 보기도 하고 개미들의 먹잇감을 옮겨 개미들을 방해하기도 했지만 결국에는 개미들에게 돌려주었다.
무거운 송충이를 어디로 가져가는지 궁금해하는 아이들에게 개미에게 물어보자고 하니 바로 "개미야, 너희 집은 어디니?"라고 물어본다. 한 명이 말하니 돌아가면서 물어본다.

자연에서 웃고 뛰어노는 아이들을 보니 잘 크고 있다는 생각이 들었다. 어린이집 근처에 숲과 하천이 있다는 것은 큰 선물인 것 같다. 4~7세 때, 자연 속에서 놀이와 활동을 통해 몸과 마음이 건강한 어린이, 청소년, 성인으로 자라났으면 하는 바람이다.

집 근처 산의 둘레길을 이용하여 어린이집에 도착했다. 자동차, 자전거 등 교통수단이 아닌 산을 타고 이동했다. 어린이집 가는 길에는 족구장과 어린이공원 등이 있다. 지난 3년간 추억들이 곳곳에 물들어 있음을 느꼈다. 어린이집 주변 자연 입지는 정말 예술이다. 서울 도심에 이렇게 산이 많다는 것이 놀랍기도 하면서 강원도 부럽지 않을 경관이다.

어린이집에 도착하자마자 3층에 올라가 보니 다들 곤히 자고 있었다. 1층 소파에서 아이들이 일어날 때까지 잠깐 기다리는데 잠이 솔솔 왔다. 3시 20분쯤에 오후 간식을 들고 올라가니 절반 정도가 깨어 있었다. 간식은 달콤 쫀득한 백설기였다. 아침에 에어프라이어로 튀겨 보낸 고구마도 오후 간식과 같이 먹었다. 고구마 인기가 하늘을 찔렀다. 고구마를 먹기 위해 백설기 할당을 채운 아이도 있었고 고구마를 맛본 아이들은 엄지척을 해주었다.

간식을 먹고 나서 놀이터로 나갔다. 6~7세 아이들은 괴물이 필요할 때만 나를 찾고 그 외에는 관심조

차 두지 않는다. 심지어 본인들의 놀이에 침범하는 것에 불쾌함을 표시했다. 아이들이 참 많이 컸다는 것이 실감되었다. 이제는 초등 2~3학년의 어린이 같아 보일 때도 있다.

아이들이 무슨 놀이를 하는지 지켜보다가 놀랐다. '심폐소생술 놀이'를 하고 있다. 119에 전화하여 신고하기도 한다. '환자 발생'이 되자 주변에 아이들이 몰려와 생명을 살리기 위해 최선을 다한다. 서로 역할을 바꿔 가면서 놀이한다. 교육의 힘이란 정말 대단함을 느꼈다.

아까는 보조만 하던 아이가 이제는 주축이 되어 생명을 살리고 있다. 주변에 어린 동생들이 관심을 가지고 몰려든다.

놀이터에서 괴물 놀이를 하면서 엄청나게 뛰어다녔다. 4세 남자아이 둘이 괴물이 되어 단밤(어린이집에서 부르는 별칭)을 잡겠다고 했다. 계속 혼자 중얼거리면서 힘을 과시하는 모습이 재밌었다. 장풍을 쏘면서 서로 힘겨루기를 계속했다. 너무 몰입하다 보니 과격해지기도 하지만 말해주는 즉시 이

성을 되찾았다.

6시쯤에 다시 어린이집 안으로 들어왔다. 1만보를 달성했다. 몸 안의 에너지를 아이들에게 쏟아부었다. 실내로 들어와서는 아이들은 정적으로 책을 읽거나 텐트 안에서 놀았다. 마지막으로 두 아이가 남았다. 갑자기 의자 놀이를 하겠다고 한다. 백지장도 맞들면 낫다는 속담처럼 둘이 의기투합하여 놀이하는 모습이 인상적이었다.

마무리를 짓고 아이와 함께 나올 때 어린이집이 아닌 수영장을 다녀온 느낌이었다. 온몸이 떨릴 정도로 에너지를 다 소모했지만, 마음만은 오히려 충전되고 정화된 기분이 들어 좋았다.

아이의 어린이집 같은 반 동생네 가족을 초대했다. 어린이집 행사의 하나로 '가족 모둠 활동'이라는 것이 있다. 두 가정을 제비뽑기로 연결해 주고 한 달 내로 만나서 특별활동을 하는 미션이다. 언제 할지 계속 날짜를 정하다가 어린이날 연휴에 다들 할 일이 없어지면서 모이기로 전날 최종 결정됐다.

우리 집 대청소의 원동력은 '가족 초대'였다. 새로운 가족을 부르면서 우리집 또한 깨끗해지니 마음이 더욱더 좋았다. 아내와 나는 시험을 보기 직전까지 공부하는 수험생처럼, 초대한 가족이 벨을 누르는 순간까지 청소에 최선을 다했다.

낮 1시부터 피자, 치킨, 바비큐 세트 등 평소에 먹고 싶었던 것들을 배달해서 먹기 시작했다. 원래 오기로 한 가정이 있어서 넉넉하게 배달을 시켰는데 갑자기 못 온다고 하셔서 결국 남은 음식은 연휴 내내 먹었다.

아이들끼리 잘 놀아서 어른들도 서로에 대해 알

아가는 시간을 가졌다. 하는 일부터 육아까지 다양한 주제로 대화를 나누었다. 그리고 아이들은 쿠키 만들기를 했다. 모양을 내서 쿠키를 만들면 에어 프라이어에 구워 먹는 시간도 가졌다.

이번에 느낀 것은 아이가 동생이 왔을 때 한 번도 싸우지 않았다는 것이다. 보통 3~4시간이 황금 시간대이고 그 후부터 아이들이 피곤해지면서 서로 갈등이 시작되는데 이번에는 그런 것이 없었다. 우선 두 살 차이가 나서 그런지 아이가 동생을 잘 챙겨주었다. 양보도 잘해주었고 동생이 하고 싶은 것이 있으면 도와주었다. 평소 볼 수 없었던 자상한 아이의 모습이 놀라웠다. 아이가 이런 면이 있었다는 것을 처음 알았다.

아이들이 생각보다 아주 잘 놀다 보니 어른들도 자연스럽게 대화가 잘 이어졌다. 결국 밤 9시 넘어 바로 집에 가자마자 잘 수 있도록 아이들 샤워까지 다 시키고 헤어졌다. 아이와 잠자리에 누워 오늘 좋았던 것들을 10가지를 이야기했다. 그러고 나서 아이는 옆으로 살짝 눕는가 싶더니 바로 잠이 들었다.

오늘이 진정한 어린이날 같은 분위기였다. 무엇을 하는 것보다 누구와 같이 있는 것이 중요하다는 생각이 들었다. 꼭 특별한 활동을 하는 것이 아니어도 같이 놀 동생이 있다는 것이 아이에게는 매우 즐거운 경험이 될 수 있었다.

헤어질 땐 동생에게 선물도 주었다. 자기 전 아이가 '그거 내가 아끼는 거라 생각이 나는데'라고 후회하는 듯한 말을 했다. 그래서 아내는 아이에게 말했다. '정말 소중한 것이면 안 줘도 된다고. 잠깐 빌려주거나 아니면 이건 내가 제일 아끼는 거라 안 된다고 이야기해도 괜찮은 거라고.' 거절을 어려워하는 아이에게 거절이 나쁜 것이 아니라는 것을 알려주었고 그래도 동생에게 아끼는 것을 선물로 줄 생각을 했다는 것만으로 아이가 성장한 듯하고 기특했다. 그동안 너무 욕심 많은 모습만 보여서 걱정했는데 그래도 베푸는 모습을 보니 한편으로 흐뭇하기도 하고 감동을 받았다.

어린이집에 캠핑을 진심으로 좋아하는 가정이 있는데, 어린이집 개원 잔치 행사 때 경매 상품으로 '캠핑 숙박권'을 내놓으셨다. 캠핑에 가고 싶다는 마음으로 경쟁 끝에 최종 낙찰을 받았다. 서로 일정을 맞추었고 정해진 날짜가 아이의 생일로 결정되었다.

캠핑장 물놀이장에는 미끄럼틀이 있었다. 아이는 아무 주저함 없이 미끄럼틀에 올라서 슝하고 내려왔다. 하지만 속도가 붙으면서 물에 첨벙하면서 얼굴이 물에 잠기고 그 후로 미끄럼틀 타기를 꺼렸다. 타고 싶은데 물을 또 먹을까 봐 타기 싫은 이중적인 마음에 속상했는지 자꾸 짜증을 부렸다.

결국 여러 차례 시도를 해보자고 했지만 안 하다가, 튜브를 끼고 탈 수 있다는 생각에 다시 한번 용기를 냈다. 하지만 튜브가 가라앉을 수 있다는 의심에 섣불리 내려오지 못하고 소리를 지르고 있었다. 미끄럼틀을 타겠다고 아이들이 모이면서 어느새 4명이 기다리고 있었다. 아이에게 빨리 내려오라고 해도 안 내려오고 그럼 다른 친구들 양보하고 타자고 해도 싫다고 하는 난감한 상황에 빠졌다.

기다리는 아이들도 불만을 표출하기 시작했다. 그런데, 뒤에 아이들에게 조금만 시간을 줄 수 있는지 물어보고 잘할 수 있도록 '파이팅' 한 번만 외쳐달라고 하니 4명이 동시에 "파이팅"을 해준다. 인상 찡그리던 아이들이 말 한마디에 갑자기 든든한 우군이 되어 응원을 해주기 시작했다. 이를 지켜보던 부모들도 진풍경을 감상하며 흐뭇해했다.

결국 응원에 힘입은 아이는 용기를 냈고 물에 정상 착지를 하고 물이 하나도 튀기지 않자, 그 후로는 자신감을 얻어 계속 타겠다고 했다. 어른이 봤을 땐, 별거 아닐 수 있지만 아이에게는 매우 큰 일이었고 스스로 벽을 깼다. 자기 자신과의 싸움에서 이기고 당당히 물에 들어간 아이가 대견하기도 하고 뒤에서 응원과 격려를 아끼지 않은 동생, 친구들에게도 고마웠다.

일요일 저녁 늦게 "주말 동안 캠핑은 어땠는지 아이에게 물었다. 아이는 "밤에 불빛도 있고 평생 있고 싶었어"라고 대답했다. 어른들도 오랜만에 밖에 나와서 지내는 게 좋은데 아이들은 얼마나 좋을지 상상이 갔다. 평소와 다른 경험을 해볼 수도 있었고 밖에서 텐트 치고 잔다는 것 자체가 이미 즐거운 놀이였다.

마지막 날 오전 내내 물놀이를 하고 오후에는 가볍게 산행을 했다. 그래도 아이들이 잘 따라와 주어 고마웠다. 코로나 이후 주변에 캠핑하러 다니는 사람들이 많아졌다. 아빠, 엄마가 캠핑 자체를 즐겨하지 않으니 아이 역시 경험을 못 했는데 이렇게 경험하게 되어 좋았다. 이것저것 추가로 챙길 필요 없이 캠핑의 장점을 최대한 누리게 해준 어린이집 친구 가정에 감사했다.

집에 오는 길, 아이는 정신을 잃었다. 고개를 뒤로 젖히고 카시트에서 푹 잤다. 얼마나 활동을 열심히 했는지를 보여준다. 오는 길은 차가 많이 막혔지만 그래도 힐링하고 와서인지 마음에 여유가 가득했다. 이틀 동안 잘 먹어 저녁에는 비교적 가볍게 먹기로 했다. 감자 라면을 끓였는데 맵지 않아서 아이도 잘 먹었다.

어린이집 '강화도 고구마 체험'이 3년 차에 이르렀다. 어린이집 선생님의 베풂 덕분에 5~6월에는 고구마 심기 체험을, 10월에는 고구마 수확 체험을 하고 가정별로 고구마를 무상으로 가져가라고 하신다. 예전부터 강화도를 한번 가보고 싶다고 생각했는데 뜻하지 않게 실컷 오고 있다. 사람은 정말 생각한 대로 이루어지는 것 같다.

이번 강화도 체험에는 여섯 가정이 왔다. 원래 우리는 일정이 있어 못 가는 상황이었는데 전날 일정이 취소되면서 급하게 변경했다. 어린이집 선생님의 시골 농막에 학부모와 아이들 여섯 가정이 모인다는 것은 상상할 수 없는 일이다. 공동육아 어린이집이라서 가능했을지도 모른다. 놀러 오면 아이들끼리 알아서 잘 논다. 중간중간 싸우기도 하지만 그래도 어른들의 손이 덜 간다.

대학생 때 엠티에 온 것처럼 자유로운 분위기 속에서 이야기를 나눈다. 올해 7세 마지막 해라서 최대한 누리려고 한다. 학부모들과 함께 이야기를 나누는 것도 의미가 있었다.

당일치기로 저녁에 집에 갈 생각이었는데 생각지 못한 복병을 만났다. 3시간 30분이 걸리는 바람에 예상 시간보다 훨씬 늦게 도착했다. 당일치기로 가기에는 약간 아쉬움이 있다. 오자마자 가는 느낌이다. 다행히도 캠핑을 좋아하는 가정들의 여분 텐트가 2~3개 있었다. 잘 곳을 뚝딱 만들어 주셔서 고마웠다. 에어매트와 전기장판까지 완벽하게 세팅을 해주셔서 눕자마자 잠이 들었다.

숯에 구워 먹은 양고기, 아이들의 불꽃놀이, 보름달 감상, 불멍. 연휴 기간에 캠핑을 제대로 하고 간다. 아이 중에 생일인 친구가 있어서 생일 축하 노래를 부르고 사진도 찍으면서 즐거운 추억을 많이 만들었다.

다음 날 아침, 온갖 새들의 음악 소리에 눈을 떴다. 아이들이 하나씩 일어난다. 일어나는 아이마다 함박웃음을 보이면서 놀기 시작한다. 텐트를 돌아다니면서 사람들이 일어났는지 확인하기도 하고 노래를 부르기도 한다. 과거 원시시대의 부족이 천막에서 생활하면 이런 느낌이지 않을까 상상을 해보았다. 아침 식사는 아이들부터 먼저 챙기고 어른들은 밥, 라면, 과일, 커피를 먹었다. 밖에 나오니 식욕이 왕성해진다. 먹는 것마다 다 맛있었다.

오늘의 하이라이트는 갯벌 체험이다. 서해에서만 볼 수 있는 갯벌. 아이가 이번에 처음 가는 거라서 더욱더 신났다. 일몰이 유명한 곳으로 출발했다. 아이들과 걸어서 천천히 걸어가는데 날씨가 정말 더웠다. 나중에 보니 목, 팔이 시커멓게 타고 살이 하얗게 벗겨진다. 이것도 참 오랜만이네. 매년 비타민 D 부족에 시달리던 나의 피부는 간만에 햇빛을 과잉 공급 받았다.

갯벌에 간 아이들. 자연 놀이터가 따로 없다. 아이들은 땅을 파다가 아주 작은 게를 발견하기도 한다. 잡은 게들은 다시 방생해 주었다. 아이들에게 자연이 주는 최고의 선물이었을 것 같다. 게를 잡는 재미와 땅을 팠을 때 촉감과 발바닥에 전해지는 진흙의 부드러움은 어른의 감각도 깨어나게 해주었다. 아이도 오는 길에 갯벌 체험이 정말 재미있었다고 반복해서 말해주었다.

어린이집에서 1박 2일로 근교에 펜션을 잡고 행사를 다녀왔다. 학부모, 아이들, 교사분들 모두가 참여하는 연중 큰 행사다. 코로나 때문에 첫해와 두 번째 해에 계속 못 가다 작년부터 가기 시작했다. 이제 아이가 졸업하는 해라 이제 마지막이다.

펜션에 도착하니 펜션의 컨디션이 그리 좋지 않았다. 방 자체가 습했고 벽지에 곰팡이가 많이 보였다. 이곳의 장점을 굳이 들자면 넓은 운동장과 주차 공간이었다. 조기 축구회, 족구회에서 하계 야유회를 하기에 딱 좋은 공간이었다.

아이들이 뛰어놀기에는 좋았지만, 부대 시설들이 그리 깔끔하지 않았다. 그래도 더운 날씨였지만 천막을 치고 준비해 간 체육대회를 했다. 처음에는 다들 더워 의지가 없어 보였지만 그래도 막상 게임을 시작하니 종목마다 최선을 다했다. 특히 시간이 지나면 지날수록 풋살, 줄다리기에서는 반드시 기필코 이기고 말겠다는 강인한 정신력으로 임했다. 다들 한발 물러나 있다가도 막상 시작하면 승부욕이 생겨 피 튀기며 열심히 한다.

아름다운 무승부로 체육대회는 마쳤고, 모두 생각보다 즐겁고 행복한 시간이었다는 소감을 말했다. 특히 사진을 공유하면서 다들 웃긴 사진들이 많이 찍혔다. 줄다리기에 진심인 사람들의 표정이 너무 재미있게 포착이 되었다.

공동육아 어린이집은 학부모들과 아이들 사이에 수많은 추억을 공유할 수 있다는 것이 정말 큰 장점이다. 우리 아이의 모습뿐만 아니라 다른 친구와 동생들의 자라는 예쁜 모습을 볼 수 있어 좋다. 둘째가 태어나 행사 때마다 안고 온 아이가 어린이집에 입소하여 어느 순간 '단밤'(어린이집 별칭)이라고 부를 땐 정말 신기했다.

공동육아 어린이집에서 경험했던 모든 순간이 졸업 후에도 많이 기억날 것 같다. 아이를 키우면서 늘 고민이 따라붙지만, 함께 육아하는 학부모들이 있었기에 현명하고 지혜롭게 잘 넘길 수 있었던 것 같다.

소소한 일상의 행복

저녁에 아내와 딸과 같이 산책했다. 날씨도 좋고 이제는 낮이 길다 보니 저녁을 먹고 나서 집 근처를 천천히 걸었다. 오늘은 평소와 다르게 상가가 많은 큰 도로 쪽으로 걸었다. 걸어가면서 상가에 어떤 상점들이 입점해 있는지 구경했다.

5~10년 전후로 동네가 재개발되면서 개과천선을 했다. 초역세권의 아파트 입주를 끝으로 공사가 마무리되었지만 아직 편의시설이 부족하다고 생각했는데 그래도 전보다 좋아지고 있음을 느꼈다.

한 건물을 지나가는데 '코인 노래방' 간판이 보였다. 아이가 평소 만화 주제가를 흥얼거리기도 하고 '캐치티니핑'이라는 애니메이션의 주제곡을 좋아해서 "노래방이나 가볼까?" 하고 물으니 좋다고 했다. 그런데 막상 노래방에 들어가려고 하니 무슨 노래를 불러야 할지 생각이 나질 않았다. 마지막으로 노래방에 갔을 때가 코로나 이전에 2018년도쯤으로 기억한다.

코인 노래방은 무인으로 운영이 되는데 시설이 매우 깨끗했다. 그리고 곡당 500원이었는데 30분에 4,000원으로도 결제할 수 있었다. 생각보다 합리적인 가격이었다. 아이가 과연 마이크를 잡고 어떻게 부를지 궁금했는데 평소 부르는 노래를 아주 잘해냈다. 가사를 외워서 그런지 박자도 잘 맞추었다. 부끄러워서 못 부른다고 하지 않고 오히려 3~4곡을 거뜬히 부르고 나서 IVE의 'After Like'와 예나의 'Smiley'도 도전했는데 아내와 같이 잘 불렀다. IVE 노래는 차에서 많이 들어봤고 스마일리는 어린이집에서 율동 공연을 했던 노래여서 잘 아는 것 같다.

아이의 첫 노래방이라는 것이 의미가 있었다. 아이에게는 색다른 공간이었을 것 같은데 아빠, 엄마도 너무 오랜만에 와서 낯설었고 이제는 다른 사람들과 노래방을 같이 오는 게 낯부끄러울 것 같다.

하원할 때 한 손에 킥보드를 들고 북한산 둘레길을 이용하여 어린이집에 갔다. 아빠와 아이의 체력을 키우기 위한 목적으로 시간 될 때마다 걸어서 집에 오고 있다. 킥보드의 목적은 아이의 즐거움도 있지만 무엇보다 아이가 힘들어할 때 끌고 갈 수 있는 도구 역할이다.

하원하는 시점이 제일 배고플 때라 늘 먹을 것을 찾는다. 오늘은 아이와 같이 식빵을 사고 소보로빵을 먹으면서 같이 왔다. 조금씩 잘라준 빵의 달콤함을 느끼면서 맛있다고 한다.

집에 와서 저녁밥을 빨리 먹고 나서 책을 읽어달라고 한다. 아이들은 참 새로운 것을 좋아한다. 어제 놀러 온 이모가 책(전집)을 아이에게 주셨다. 아이는 신이 났다. 솔직히 아빠가 봐도 재밌을 것 같은 책들이었다. 특히 아이가 좋아하는 이유가 예쁜 공주님들이 나오는 동화라서 그렇다고 한다. 그리고 3D애니메이션 그림이 그려져 있다 보니 아이는 시각적 청각적인 효과를 더욱더 느끼는 것 같다.

아이가 보고 싶다는 책들. 이건 지금 몇 시간 만에 볼 수 있는 분량이 아니었다. 책 욕심을 부리니 나쁜 건 아닌데 아빠가 목이 아플 수 있다고 했다. 그래도 읽어달라고 떼를 쓰니 못 이기는 척 읽어 주었다. 둘 다 책을 읽기 위해서 빨리 씻고 침대방에 에어컨을 틀고 누워서 책을 읽는데 여름철 최고의 피서지가 여기가 아닌가 싶었다.

한 권을 읽고 두세 권 늘어나면서 점점 눈이 건조해지고 목이 아팠다. 중간에 휴식 시간을 달라고 하고 충분한 수분 섭취를 하고 왔다. 그리고 계속 이어지는 책 읽기. 마라톤 독서가 따로 없었다. 이거 도대체 언제까지 읽어야 하나 하고 아이의 눈을 보니 아직도 똘망똘망하다. "하, 이게 아닌데." 그래도 이때뿐일 수 있다는 생각에 졸음도 꾹 참고 에너지를 목소리에 쏟아부었다. 평소 재미가 없다 하여 내레이션, 등장인물들의 목소리까지 다 다르게 읽고 감정까지 이입하여 입체적으로 읽어주었다. 보통 일이 아니었다.

그렇게 녹초가 되어갔다. 잠깐 잠이 들어 헛소리를 할 때마다 아이가 소리를 지르면서 일어나라고

불렀다. 그래도 끝까지 잘 마쳤다. 한 권 더 읽어달
라고 했지만 이제 자야 할 시간이라고 말했다. 아이
도 졸린지 침대에 누워 잠이 들었다. 오늘은 엄마를
찾을 겨를도 없이 책에 빠졌다.

동화를 읽으면서 마법의 종류가 참 다양하다는
것을 알게 되었다. 그리고 세 명의 형제들이 나오는
이야기에서는 첫째, 둘째는 게으르고 부족한데 셋
째가 늘 영리하게 나온다는 점이 인상적이었다. 동
화를 읽은 지 꽤 오래되었고 내용들이 가물가물했
지만 다시 읽으니 생각보다 아주 재밌고 흥미진진
했다. 내용 전개가 어떻게 될지 궁금하면서도 어른
이 되어 바라보는 시선이 많이 달라졌음을 깨닫기
도 했다.

아이 하원시킬 때 어린이집에서 집까지 가는 길의 중간지점에 아파트 상가를 지나가야 한다. 이곳에 무인 아이스크림 가게, 카페, 제과점, 분식집 등이 있다 보니 상가 앞에 다다르면 아이는 습관처럼 늘 배가 고프다고 한다. 그래서 어제는 얼린 홍시와 시리얼을 조금 덜어 가방에 가져갔다. 아이는 오늘도 역시나 배고프다고 했지만 준비해 온 것을 꺼내니 궁금해한다. 상가에서 아파트로 올라가는 계단에서 얼린 홍시를 먹는 아이. 맛있는지 아무 군말 없이 잘 먹었다. 이렇게 건강도 챙기고 돈도 조금은 아낄 수 있어 좋았다.

얼린 홍시 효과를 제대로 보고 집에 무사히 도착할 수 있었다. 집에 와서 저녁을 먹고 씻었다. 늘 똑같은 일상이 반복되지만, 아이와의 시간은 매일 새롭다. 오늘도 어김없이 책을 보겠다고 한다. '헨젤과 그레텔'을 보고 '잭과 콩나무'를 봤다. 아이가 재미있어했다.

책을 읽고 나서 잭과 콩나무에 대한 아빠의 생각

을 아이에게 말했다. "잭이 세 번(금 보따리, 황금알을 낳는 닭, 노래하는 하프) 도둑질하고 마지막에는 나무를 도끼로 찍어서 거인이 떨어져 죽게 했다고" 잭과 어머니는 훔친 물건으로 부자가 되어 잘 살았다고 하는 내용이 마음에 안 든다고 했더니 아이는 "잭이 나쁜 아이라는 소리지?" 그건 맞긴 한데 그래도 내용이 재밌었어."라고 쿨하게 말했다. 동화는 동화다! 감정이입을 하면 안 되는데 자꾸 '해바라기' 영화 대사가 머릿속에 맴돌았다. '꼭 그렇게 다 가져가야만 속이 후련했냐!!!'

이 영화에서 "사람이 죄를 지었으면 벌을 받는 게 세상 이치라더라"는 대사가 나오는데 '거인'이 꼬마들을 많이 잡아먹어 그 죗값을 (잭으로부터) 받은 거겠지라는 생각을 하게 되었다.

아이와 같이 명작 동화를 보는데 내용이 정말 흥미진진하다. 그리고 어른이 되어서 읽는 동화는 또 다른 세계다. 열대야가 심한 요즘 아이와 해야 할 것들을 다 끝내고 침대에서 에어컨을 틀고 시원하게 책을 읽는 시간이 제일 좋다.

아이와 함께 떠난 토요일의 여행은 직접 체험할 수 있는 것들이 많아서 좋았다. 아이나 어른이나 몸소 체험해야 기억에도 남는 것 같다. 무엇보다도 즐거운 추억은 우리의 세포를 깨워준다. 몸에 흐르는 혈류가 웃었을 때 원활히 잘 흘러가는 느낌이 든다.

환기미술관에서 수화 도장, 점자 문구 만들기, 정원에 나무 꾸미기, 종이에 그림 그리기를 하면서 즐겁게 지냈다. 아이와 함께하는 순간 동심으로 돌아간 기분이 들어 좋다.

길을 가다가 달팽이 한 마리가 느리게 지나가고 있었다. 자칫하다 어른들의 큰 발이 밟고 지나갔을 수도 있는데 다행히 달팽이를 먼저 발견했다. 아이와 같이 달팽이를 지켜봤다. 손과 발이 없어도 기어갈 수 있는 것이 참 신기했다. 책에서 보는 것과 그리고 지켜보는 것과 다르게 아이의 손에 올렸을 때 촉감을 느끼며 보는 달팽이의 모습은 다르다.

손 위로 기어가는 달팽이의 몸짓에 손바닥이 간

지럽혀지는 경험을 했을 때 달팽이가 더 멋진 친구
로 느껴진다. 아이가 책에서 본 달팽이를 계속 그림
으로만 그리다가 직접 만나 꿈틀대고 기어가는 모
습을 보니 헤어지는 게 아쉬웠던 모양이다. 달팽이
의 집이 어디인지 궁금해하고 데려다주고 싶어 한
다. 집에 와서도 자기 전에 "아까 그 달팽이는 엄마
를 만났겠지?"라고 물어본다.

  우리는 사람들이 밟지 않도록 화단에 있는 돌에
달팽이를 놓아주었다. 달팽이가 집에 가는 길에 혼
란을 준 것이 아닐까 생각해 보았지만 그래도 위험
하지 않게 안전한 길에 옮겨주는 게 좋겠다고 생각
했다.

  사람의 마음과 달팽이의 마음은 다를 수 있어서
모든 살아있는 것들을 존중해 주어야겠다.

초복에 비가 오니 몸보신을 할 음식들이 딱히 생각이 나질 않는다. 아이에게 "오늘 초복인데, 무엇을 먹었어?"라고 묻자 "카레, 감잣국...."이라고 하나씩 생각하면서 말해준다. 특별하지 않았구나. 괜히 복날이어서 맛있는 걸 먹어야겠다고 생각하는 것 같다. 그래서 저녁에는 '찜닭'을 시켜서 먹었다. 아이는 찜닭의 당면을 좋아한다. 아이에게는 닭고기가 특별한 게 아니다. 후루룩 빨아들이는 면발의 매력에 빠졌다. 고른 영양 섭취를 위해 아빠, 엄마는 "닭고기, 고구마, 감자, 양파를 골고루 먹어야지" 하며 한마디씩 거든다.

아이를 바라보면 그저 있는 그대로 놔두질 못한다. 이랬으면~하는 바람이 늘 붙는다. 학창 시절 아빠, 엄마의 잔소리를 듣기 싫다면서 또 부모가 되어보니 그러는 걸 보면 모든 부모의 마음은 똑같은가 보다.

아이와 함께 오늘도 동화를 읽었다. 「잠자는 숲속의 공주」, 「가장 빛나는 매의 깃털」, 「신데렐라」 3권을 읽었다. 동화의 스토리가 비슷한 것 같지만 읽을 때마다 흥미진진하다. 어른이 되어도 이야기를 좋아하는 마음은 변함이 없나 보다.

불과 몇 개월 전만 해도 글이 많은 책은 읽기 싫다고 거부했던 아이였는데 이제는 40페이지(글은 실질적으로 20페이지)에 책을 끝까지 듣는다는 것이 신기하다. 반대로 책을 읽어주는 아빠와 엄마의 노력이 두 배가 되었다는 의미이다. 한 권을 읽고 나서 계속 읽어달라고 할 때 목이 아파서 잠깐 쉬자고 아이에게 부탁을 한다. 그러면서 책 읽어주는 로봇이 있었으면 좋겠다는 마음을 가져본다.

아이가 책을 읽을 때 아빠 옆에 쫙 달라붙어 이야기를 듣는다. 책을 눈과 귀로 읽는 것처럼 보이지만 아이는 온몸의 감각을 열어 두고 읽는 것 같다. 아빠의 목소리와 작은 미동 하나에도 집중한다. 아빠가 너무 피곤해서 "언제 끝나지"라는 생각을 품고 읽을 땐 바로 알아차리고 똑바로 읽어달라고 한다.

아이와 부모가 함께하는 활동이 결국 아이의 성장에 긍정적인 영향을 미치는 것 같다. 아이의 정서

발달은 부모와의 교감을 많이 했는지가 중요해 보인다. 고도의 기술이 발전한 로봇 시대가 도래해도 이런 측면에서 육아는 계속 힘들어야 하는 게 맞지 않을까 생각한다.

인간이 본래 가지고 있는 마음. 수백 년 수 천년 전에 쓰인 고전들을 읽을 때, 사람의 마음은 변함이 없어 보인다. 느끼는 감정은 예나 지금이나 비슷하다. 결국 육아라는 것은 부모가 아이에게 관심과 애정을 통해 사랑을 알려주는 행위라고 본다. 부모의 사랑을 받고 자란 아이들이 성인이 되어서 살아가는 원동력과 힘을 갖게 되는 건 아닐지.

육아하는 것. 그것도 내 자식을 키운다는 것만큼 가치 있고 의미 있는 일이 있을지 모르겠다. 가끔 자존감이 떨어지고 비효율적이고 티도 안 나는 이 행위에 회의를 가질 때도 있지만 그래도 늘 힘을 가지고 자부심을 가져야겠다. 세상이 변해도 변하지 않는 인간의 본질을 알려주고 다음 세대에게 물려줄 수 있는 정신적 유산을 아이의 마음에 전수하는 노력이라 생각하면 나의 마음이 조금은 위안이 되겠지.

아내가 영화 티켓을 예매해 주었다. 어린이 영화 '엘리멘탈'이라는 영화다. 아이가 잘 버텨줄 수 있을지 의문이 들었지만, 그래도 가보고 싶다고 해서 도전을 했다. 영화를 한 번 예약했다가 자리가 별로여서 취소하고 다시 예약했는데 상영 시간을 취소한 시간대로 잘못 기억하고 있었다. 외출 준비를 하면서 무심코 영화 시간을 앱에서 확인하자마자 바로 아이 옷을 급히 입히고 영화관으로 출발했다.

그래도 늦지 않게 도착은 잘 했지만, 간당간당 하게 왔다. 아이는 영화보다 '팝콘'에 만족해했다. 제일 작은 크기의 오리지널 팝콘을 샀다. 아이에게 캐러멜 맛을 일부러 사주지 않았다. 아이는 고소한 팝콘도 맛있게 먹었다. 그러다가 달콤한 팝콘이 중간에 섞여 있었나 보다. 갑자기 팝콘을 왜 짠맛으로 샀어? 라고, 물었다. 왜 그런지 물어보니 중간에 단맛 나는 팝콘을 먹었는데 정말 맛있다고 한다. 팝콘은 짠맛이 더 맛있다고 얼버무렸다.

아이는 영화가 재밌다고 하는 데 살짝 불편함과

지루함이 있어 보였다. 언제 끝나는지 물어봤다. 그리고 "어두운 데서 보면 눈 나빠진다면서 왜 이렇게 보는 거야?"라고 물어본다. 아이가 말하는 것이 맞는 말인데 은근히 원칙을 고수한다는 생각이 들었다. 영화 볼 때 더 재미있게 보려고 잠깐 큰 화면에서 큰 소리로 들으며 보는 거라고 답변을 해주었다. 영화 내용보다는 이런 부분을 설명해 주어야 했다.

영화를 다 보고 나서 불이 켜졌다. 밝아진 상영관에 아이 관객들로 가득 차 있었다. 옆에 있던 커플들은 조금 늦게 들어와서 어두울 때 조심스럽게 앉았는데 아이들로 가득 찬 것을 보고 놀라는 표정이었다. 아이와 보호자를 제외한 어른은 그 커플이 유일했다.

아이는 팝콘을 다 먹고 난 빈 통을 들고 대단히 만족스러운 표정을 지으면서 아빠 손을 잡고 영화관을 나왔다. 집에 와서 엄마한테 영화가 정말 재미있었고 팝콘도 맛있었다고 웃으며 이야기했다. 7세가 되면서 많이 컸다는 생각이 들 때가 많다. 작년과 올해 몇 개월 차이임에도 아빠, 엄마와 같이 할 수 있는 활동들이 늘어나서 더 재미있어졌다.

오늘은 역사적인 순간이었다. 고등학교 친구들과 최초로 '아빠 어디가' 모임을 하는 날이었다. 애초에 장소는 '경복궁 투어'로 한양도성 중심으로 아빠와 아이들이 추억을 만들어보자고 했는데 갑작스러운 한파로 인해 장소를 '잠실 롯데월드타워'로 변경했다.

총 6명의 멤버 중에서 4명이 시간이 가능하여 추진하게 되었다. 아이가 둘인 가정은 아빠들이 첫째와 같이 서울 나들이를 오고 둘째는 아내가 보기로 했다고 한다. 모든 가정에서 아내들이 적극적이고 열렬하게 지지하여 모임이 바로 성사되었다.

(A : 첫째(남아, 9세), B : 외동(여아, 7세), C : 첫째(여아, 6세), D : 외동(남아, 4세))

아침부터 지방에서 부리나케 올라온 친구 중에는 오랜만에 올라온 서울 나들이에 의욕적이었다. 오전에 시티투어 버스를 타고 잠실로 이동하겠다는 거창한 계획을 세웠다. 하지만 KTX를 타고 서울에 도착한 순간, 시간상 불가함을 깨닫고 바로 잠실로 지하철을 타고 왔다. 수원에서 온 친구는 생각보다 일찍 도착했다. 그렇게 먼저 모인 친구들은 점심을 먹고 민속박물관에서 시간을 보냈다.

오전에 대학원 수업을 마치고 집에 와서 아이를 데리고 서둘러 잠실로 이동했다. 뒤늦게 모임에 합류한 시점부터 다음 일정에 차질이 생겼다. 애초에 롯데월드 아쿠아리움을 구경하고 전망대로 바로 갔다가 저녁 식사를 할 계획이었으나 4세 아이(D)가 더 이상 못 걷겠다고 하면서 퍼지기 시작했다.

입장 전에 세 가정만(4세 아이 늦게 합류 예정) 모여 아이들끼리 자기소개의 시간을 가졌다. 하지만 처음 만난 아이들은 서로 얼음이 되어 아무 말도 하지 않았다. 대신 아빠들이 각자 아이들의 이름과 나이를 소개했다.

아쿠아리움 입구에서 같이 입장했지만 다 따로 구경했다. 초등학교 2학년 아이와 함께 온 친구를 제외하고는 각자 아이를 챙기기에 바빴다. 구경하다가 늦게 입장한 친구(아이 4세)를 우연히 만났다. 서로 인사를 나누고 같이 움직일까 했더니 아이들 각자 원하는 바가 있어 이따가 보자 한마디 말을 하고 각자 따로 관람했다. 관람을 마치고 기념품 가게에서 다 같이 만났는데 아이들은 서로 다리 아파, 배고파하며 자신들의 욕구를 채워달라고 아빠에게 신호를 보냈다.

관람을 일찍 마치고 전망대에서 대기를 했던 친구네(9세)가 1시간 30분을 기다려야 한다는 사실을 알려주었고 전망대를 가지 않기로 했다. 우리는 식사 장소로 이동했다. 원래 밖의 상가에서 먹으려고 했지만, 날씨가 춥고 아이들이 힘들다 하여 실내에서만 있기로 했다. 그렇게 식당가에 올라가니 거의 모든 식당에 사람들이 줄지어 대기를 하고 있었다. 그래도 계획을 중요시하는 친구들이어서 'Plan B'까지 짜고 갔지만 아이들을 동행할 때는 'Plan D'까지 정해야 함을 배웠다.

결국 4살 아이는 이번 일정이 무리였다. 식당가에 올라오기 전에 아이와 계속되는 실랑이 끝에 저녁도 못 먹고 친구는 시외버스를 타고 집에 가기로 했다고 전화가 왔다. 그리고 음식점 역시 잡기가 쉽지 않았는데 구석에 찜닭집이 있어 거기로 가보자고 했다. 다행히도 테이블 2개가 비어 있었다. 이곳에서 저녁 식사를 했다. 그래도 잘 먹어서 다행이라고 안도했는데 생각해 보니 전국 어디서나 먹을 수 있는 찜닭 체인점에서 저녁을 먹은 것이 아쉽기도 했다. 서울에 왔으면 뭔가 특별한 무언가를 먹고 가면 좋았을 텐데.

저녁 식사를 한 후 커피와 디저트를 먹고 헤어지자 해서 카페를 찾아다녔는데 네 군데 모두 만석이었다. 결국 과일주스를 파는 곳에서 테이크아웃을 하자고 해서 갔다. 기다리는 동안 자리가 나서 거기에 앉았다. 아이들도 각자 과일 음료 하나씩을 먹을 수 있어 좋아했다. 음료수를 마시면서 친구들은 아이를 데리고 오는 모임을 너무 쉽게 생각했다고 말했다. 시기상조였고 주말에 잠실을 너무 만만하게 본 것 같다고 했다. 이렇게 사람이 많을 줄은 몰랐다고 한다.

집에 오면서 오늘을 되새겨보니 색다른 시도였고 나중에 생각하면 즐거운 추억이 될 것 같다. 초반만 해도 각자 따로 돌아다니고 아이를 챙기느라 어깨, 팔이 아픈 상황에서 이럴 거면 왜 모인 거지? 라는 생각이 순간 들기도 했지만, 아이와 함께 지하철을 타고 집에 가는 동안 아이도 오늘 경험이 매우 뜻깊었던 것 같다. 오빠, 동생들을 만났을 때 한마디 말도 안 했지만, 막상 의식은 하고 있었던 것 같다. 아이들 한 명 한 명 누구인지 이름과 특징을 다 기억하고 있었다.

아빠 친구들과 처음으로 시도한 나들이. 아이의 기억 속에는 그래도 즐거운 시간인 것 같아 뿌듯했다. 아쿠아리움도 매우 인상깊었다고 했다. 계획대로 된 것이 하나 없는 여정이었지만 아빠와 아이가 더욱 가까워지는 시간으로 멋진 추억을 만들 수 있어 좋았다.

우리가 함께 한 발자취

#부산 #제주도 #자라섬 #남이섬 #레고랜드 #양양숙소 #시드니

아이가 바라보는 세계가 확장될 수 있도록 가급
적이면 많은 경험을 할 수 있도록 도와주고 싶다.
기회가 있을 때마다 낯선 곳으로 떠나는 가족 여행
이 시작점이 될 것이라 생각한다. 아이와 3박 4일
일정으로 부산 여행을 왔다. 부산에서의 일정은 무
리하게 잡지 않고 여유롭게 시간을 보내기로 했다.
호텔에 키즈존이 있어 아이와 놀기에 여기만 한 곳
이 없었다.

외부 활동으로 스카이캡슐을 탔다. 줄이 생각보
다 많이 길었지만 아이는 참는 법을 배울 수 있었
다. 얼마나 더 기다려야 하는지 아빠에게 계속 물
어보기는 했지만, 짜증을 내지 않고 잘 참아주었다.
우리 가족이 탈 차례가 되어 승차했다. 출발하기 직
전, 직원이 사진을 찍어주었고 사진 구매는 도착지
의 기념품점에 가서 사진을 보고 결정하라고 했다.

애초에 사진을 살 마음은 없었고 가는 도중 부산
바다의 절경에 심취하여 사진의 존재조차 까맣게
잊고 있었다. 도착하여 무심코 가족 사진을 보니 아

123

이의 속마음이 드러나는 표정이 한눈에 들어왔다. 그리고 액자의 형태가 파란 액상(바닷물) 위에 스카이 캡슐의 작은 모형 2대가 둥둥 떠다니고 있었다. 가족이 함께 스카이캡슐을 탔다는 것을 기억하기에 딱 좋은 물건이어서 과감하게 2만 원을 주고 결제했다. 아이와 있으면 미리 결정한 마음도 바뀌는 경험을 종종 하게 된다.

저녁에는 호텔 맞은편에 풍선 터뜨리기, 농구, 공 던지기 등이 있는 길거리 게임장에 갔다. 아이는 자신이 직접 체험해 보는 것을 좋아한다. 풍선 터뜨리기 게임을 선택한 아이에게 총 8번의 기회가 주어졌다. 아이가 촉을 던져서 5개의 풍선을 터뜨렸고 펑 하고 터질 때마다 주변 사람들이 함성과 박수를 쳐 주었다. 아이는 쑥스러워하면서도 기분이 좋은지 활짝 웃었다. 결국 작은 인형 한 개를 선물로 받았다. 아이가 직접 참여해서 얻은 결과물이라 인형을 더 소중하게 생각했다.

숙소로 돌아가는 길, 풍선 터뜨리기를 하는 다른 아이들의 모습이 보였다. 아이들이 촉을 던질 때마다 구경하는 사람들의 반응을 보는 재미도 있었다.

아이의 존재는 사랑스럽고 주변 사람들을 행복하게 해주는 힘을 가지고 있다. 여행지뿐만 아니라 우리 일상 곳곳에 아이들이 마음껏 뛰어놀며 웃고 떠드는 소리가 더 많이 들렸으면 좋겠다.

부산 해운대에서 스카이캡슐을 함께 타다.

비행기를 타는 것은 아이나 어른이나 설레는 일이다. 아이는 첫돌 이전에 제주도에 간 적이 있지만 기억을 전혀 못 한다. 아이의 비행기 요금이 면제되는 특별한 혜택에 부모의 경제적 부담은 덜 수 있었다는 것에 만족해야만 했다. 이제 아이가 경험을 추억할 수 있는 나이가 되니 비행기 요금이 부과된다. 이를 통해 경험은 돈으로 사는 것이라는 결론을 내렸다. 이번 제주 여행은 아이의 암묵적 지식을 쌓을 수 있는 절호의 기회라고 생각했다.

아이는 비행기가 이륙할 때 긴장이 되었는지 엄마의 손을 잡고 있었다. 하늘을 날아 제주에 간다는 것을 매우 신기해했고 비행기를 발명한 라이트형제를 이야기해 주었다. 마음의 안정을 되찾으니 바로 심심하다고 말한다. 창문으로 바깥을 구경하는 것도 잠깐이고 아이패드를 주어 그림을 그리게 했다. 아이와 동행할 때 아이의 관심사를 아는 것이 중요하다. 아내는 비행기 안에서 아이가 지루할 틈이 없도록 여러 가지를 준비해 왔다.

아빠는 즉흥적으로 오목을 두는 방법을 아이에게 설명해 주고 다이어리의 사각 줄 노트 위에 볼펜으로 흰돌과 검정돌을 그려 오목을 같이 했다. 그런데 아이의 반응은 좋지 않았다. 딸이 좋아하는 것들 위주로 준비를 많이 해온 엄마와 다른 점은 아빠가 하고 싶은 것을 아이와 함께 한 점이었다. 아이가 좋아하는 것이 무엇인지를 파악하는 것이 지금 아빠가 해야 할 과제였다.

제주도에서 아이와 함께한 특별한 경험 중에서 가장 기억에 남는 것은 제주도에 살고 있는 어린이집 선배 가정을 만난 것이었다. 졸업 이후에도 가끔 연락하고 있었고 이번에 연이 닿아 초대받게 되었다. 오랜만에 만난 아이들은 처음에 낯을 가렸지만 언니가 먼저 내민 손길 덕분에 아이도 금방 마음을 열었다.

두 아이는 미술을 좋아하는 공통점을 발견한 후로 아빠, 엄마 없이도 방에서 팔찌를 만드는 데 열중했다. 그 시간에 부모들끼리 대화를 나눌 수 있어 좋았다. 아이들이 두 살 터울이다 보니 지금 우리 아이의 육아 고민에 관한 해법을 많이 알려주셨다.

아이가 동생이 없다 보니 혼자 노는 게 안쓰러울 때도 있고 부모를 늘 필요로 해서 아빠, 엄마의 피로도가 꽤 높은 편이다. 가정 간의 교류를 하다 보면 아이들끼리 잘 놀아주어 이런 아쉬운 점들이 그나마 해소가 되었다. 아이는 잠을 자러 아빠, 엄마 품에 와서도 언니와 함께 논 이야기를 계속해 주었다. 제주도 여행에서 언니와 같이 팔찌를 만든 것이 가장 기억에 남는다고 했다.

유아기 시절의 추억은 누구와 함께 어떤 경험을 했는지가 중요해 보인다. 어른의 눈으로 바라봤을 때 아이들의 놀이는 늘 비슷해 보이지만 아이들은 매 순간 새로운 추억을 만들어 나가고 있다.

아이가 7세 때 해보고 싶은 가족 활동 중의 하나는 야외에서 진행하는 뮤직 페스티벌에 함께 가보는 것이었다. 통신사 멤버십 고객을 위한 뮤직페스티벌을 신청했고 참여할 수 있게 되었다. 경기도 가평군에 위치한 자라섬에서 밤늦게까지 진행이 되어 1박 2일 코스로 여행을 계획했다.

무엇보다 제일 중요한 것은 아이의 컨디션이었다. 올여름은 너무 더웠고 새만금 잼버리 행사에서 온열 질환이 문제가 되었기 때문에 건강에 최우선 순위를 두었다. 행사장 곳곳에 스프링 쿨러가 설치되어 있고 소방차와 의료진들이 배치가 잘되어 있어 안심이 되었다.

낮에는 너무 더워 공연에 집중할 수 없었다. 양산을 들고 햇빛을 가리고 미니 선풍기를 총동원하여 사용했지만 열을 낮추기에는 역부족이었다. 시원한 물과 음료수를 마시면서 겨우 버틸 수 있었다. 아이도 더워했지만, 잔디밭에 돗자리 깔고 있는 사람들을 보며 동지애를 느꼈는지 잘 이겨냈다.

해가 지고 노을이 생기면서 더위에 지쳐있던 사람들이 살아나기 시작했다. 아이러니하게도 공연에 대한 열기는 더욱더 뜨거워졌고 어두운 밤이 되자 사람들은 공연에만 온전히 집중할 수 있었다. 공연을 보는 것이 아무리 재미있다고 해도 아이가 있는 집은 식후경이 중요하다.

푸드트럭에 길게 늘어진 줄 속에서 맛있는 음식을 가족에게 공급하는 것이 아빠의 역할이었다. 오랜 기다림 끝에 사 온 음식은 5분을 넘기지 못했다. 여전히 허기지다 보니 푸드트럭을 세 번 왔다 갔다 했다. 그래도 잘 먹어주고 공연을 즐기는 딸의 모습을 보는 것만으로 기분이 좋았다.

마지막 무대는 가수 이적이 장식해 주었다. 패닉 시절부터 좋아했던 가수이고 소극장 공연도 간 적이 있었지만, 또 봐도 여전히 좋았다. 초반에는 잔잔한 노래를 연달아 불렀다. 산과 강으로 덮여있는 고립된 자라섬에 호소력 짙은 가수의 목소리가 울려 퍼져 심금을 울렸다.

시간이 지날수록 빠르고 신나는 노래를 불렀는데

관객 모두 자기 자리에서 들고 뛰기 시작했다. 옆에서 지켜보던 아이도 어른들이 모두 신나서 뛰노는 광경이 재미있었는지 콩콩 뛰어오른다. 즐거운 분위기를 이어 아이를 안고 리듬에 맞춰 제자리 높이 뛰기를 열심히 했다. 아이는 계속 깔깔거렸다.

공연을 끝으로 다시 차분한 상태로 돌아오고 아쉬움과 어색함이 밀려오려는 찰나에 카운트 다운이 시작되었다. 3, 2, 1을 외치고 나서 화려한 불꽃들이 하늘을 가득 채웠다. 아이를 안고서 함께 바라본 형형색색의 불꽃들은 우리 마음을 연결해 주었다.

뮤직 페스티벌을 함께 즐길 수 있을 정도로 많이 컸다.

남이섬은 소중한 주변 사람들과의 추억으로 가득 찬 보물 같은 장소다. 이제 아이와 함께 방문하여 추억을 만들 차례가 되었다. 여섯 번째 방문임에도 불구하고 아이와 오니 새롭기도 하고 전에는 보이 지 않았던 것들이 보였다.

행정구역상 강원도 춘천인데 실제로 섬에 들어가 기 위해서는 가평 선착장을 통해 가야 한다는 게 늘 신기하게 느껴졌다. 이제는 이 세상에서 유일무이 한 상상공화국, 나미나라공화국으로 불린다.

동화 속에 한 장면처럼 메타세쿼이어길에서 가족 사진을 찍었다. 하지만 아이의 투정에 동화 같은 환 상은 금방 깨지고 현실을 직시했다. 아이는 다리가 아프고 심심하다고 한다. 걸을 때마다 아이를 안아 주기에는 이제 아이가 너무 무거워졌다. 아이의 관 심을 돌리기 위해서는 놀거리를 찾아야 했다.

우선 가족이 탈 수 있는 자전거가 필요했다. 자전 거 대여소까지 걸어갔는데 그곳에 놀이터가 있었다. 아이는 놀이터에서 놀고 싶다고 했다. 그리고 아이스크림을 사 먹었다. 아이들이 좋아할 만한 것들이 이 지점에 몰려 있었다.

이제 아이스크림으로 배도 채우고 충분히 놀았다고 생각했는지 자전거를 타자고 했다. 3명이 탈 수 있는 자전거를 끌고 남이섬 곳곳을 둘러보았다. 남이섬의 건물과 자연이 조화를 잘 이루었고 볼거리들이 예전보다 더 풍성해졌다.

아이가 특별히 좋아한 공간은 한국-핀란드 수교 50주년을 기념한 무민 실내 전시와 핀란드 돈뚜마을 야외 장식을 한 곳이었다. 산타마을이 있는 핀란드의 크리스마스 분위기를 한여름에 느낄 수 있어 새로웠다. 나무로 만든 썰매와 사슴들이 수수한 멋과 재미를 연출했다.

다음으로 안데르센홀에서 아이와 함께 그림책을 읽을 수 있었다. 어른이 되고 나서 그림책은 아이만 보는 책이라는 선입견을 가졌지만 아이와 함께 책을 읽으면서 그림책을 통해 감동하기도 하고 어떤 그림책은 여운이 생각보다 오래가는 경험을 했다.

도서관처럼 책을 마음껏 볼 수 있게 해놓은 공간이어서 우리 가족은 잠깐 휴식을 취했다. 그림책도 보면서 오랜 시간 걷고 나서 쌓인 피로를 풀기도 하고 남이섬이 그동안 그림책과 아동을 위해 노력한 흔적들을 엿볼 수 있는 시간이었다.

마지막으로 남이섬의 자연이 아이에게는 놀이터와 같은 곳이었다. 동굴과 같이 생긴 통로를 지나가는 즐거움을 느껴보기도 하고 과거 원시시대에 살았던 우리 조상들의 집에도 허리 굽혀 들어가 봤다. 아이는 좁은 공간에 아빠와 있으면서 옛날 사람들이 아주 불편했을 것 같다고 한다.

나중에 집에 와서 아이에게 남이섬에서 가장 인상적이었던 것이 무엇인지 물어봤다. 아이는 토끼, 다람쥐, 청설모, 공작새를 가까이서 본 것이라고 답해주었다. 풀을 뜯어 먹는 아기 토끼가 정말 귀여워서 집에서 키우고 싶다고 말한다.

춘천에서 아내의 직장 동료 결혼식이 있어 아침 일찍 대중교통을 이용하여 아내와 딸은 먼저 춘천에 갔다. 그리고 오전에 수업을 마치고 아빠는 바로 자차로 이동하여 김유정역에서 아내와 딸을 만났다. 원래 계획은 어린이집 네 가정이 김유정역에서 모여 레일바이크를 타기로 했다. 하지만 아이와 이동하다 보면 늘 계획대로 되지 않았고 비까지 내려 결국 레일바이크를 포기하고 춘천 시내에 있는 숙소에 일찍 들어갔다.

다음날 레고랜드를 아침 일찍 가는 것이 이번 여행의 목표다. 에어비앤비로 가정집 주택 하나를 빌렸는데 2층집이어서 아이들이 좋아했다. 저녁을 아이들부터 먼저 먹이니 2층에서 노느라 바쁘다. 아이들끼리 우선 잘 놀다 보니 가정 모임이 계속 만들어지는 것 같다. 덕분에 아빠, 엄마들도 충분히 쉴 수 있었다.

레고랜드에 아침 일찍 도착하여 아이들과 함께 부지런히 움직였다. 오늘은 날씨가 맑아서 다행이었다. 테마파크라 역시 아이들이 많았다. 요즘 어디를 가도 아이들이 많이 보인다. 현재 관심사가 육아이다 보니 아이만 보이는 게 당연한 것 같다.

함께 온 네 가정 중에서 두 가정은 아이가 둘인데, 그 중 한 가정은 아빠가 혼자 아이 둘을 데리고왔다. 가끔 아이 둘을 케어하는 아빠의 모습을 볼때면 경이롭고 존경스럽다. 그래도 공동육아가 좋은 점은 다같이 우리 아이들을 돌보고 챙긴다는 점이다. 아이가 혼자 있을 때보다 다 같이 있을 때 부모 역시 덜 힘들다.

사회가 점점 개인화되고 삭막해지는데 공동체 삶이 사회에 온기를 불어넣을 수 있는 해법이 아닐까하는 생각을 해볼 때가 있다.

레고랜드의 개장부터 폐장까지 아이들과 함께 돌아다녔다. 언제 또 올지 모르기 때문에 왔을 때 제대로 놀고 가자는 마음이었다. 아이들도 각자 1만보는 거뜬히 걸은 것 같다. 그래도 지치지 않았다. 마지막 레고 샵에서 기념품을 사주었다. 한 명이 사면 모두가 사야 하는 어쩔 수 없는 상황이었지만 아

이가 취향에도 맞고 저렴한 상품을 골라주어서 다
행이었다.

춘천에서 막국수를 저녁으로 먹고 서울로 출발했
다. 출발하자마자 잠이 든 아이를 보니 오늘 하루도
알차게 보냈을 아이의 모습이 스쳐 지나갔다. 이 시
기에 부모뿐만 아니라 어린이집 친구들과 부모들과
도 즐거운 추억을 많이 쌓을 수 있는 것은 큰 축복
이라 생각한다.

함께해서 더 즐거웠던 레고랜드

어린 시절 좋아했던 레고를 아이와 함께 하게 되다니..

　연휴 기간 강릉 할머니와 같이 양양, 속초 여행을 갔다. 아이는 연일 신이 났다. 신난 감정을 숨기지 못하고 아빠, 엄마 앞에서 계속 까불어댄다. 내가 아이였어도 어린이집에 안 가고 하루 종일 엄마와 같이 있으면 좋을 것 같긴 하다.

　양양 하조대의 경치는 정말 아름다웠다. 햇살에 반짝이는 푸르른 바다가 리듬에 맞춰 춤을 추는 것 같았다. 할머니와 아이 모두를 만족할 만한 볼거리였다. 할머니께는 아름다운 경치가 일품이었고 아이는 바위를 만져보기도 하고 그 위로 올라가 대자로 누워보기도 하면서 놀았다. 아이는 눈높이에서 보이는 모든 것들을 놀잇감으로 변신시키는 재주를 가지고 있었다.

　낙산사에 가서도 아이는 풍경 감상보다는 종을 직접 쳐보기도 하고 곳곳에 설치된 모금함에 돈을 넣어보며 재미있어했다. 아이가 많이 해봐야 하는 것은 체험인 것 같다. 몸으로 체득하는 것들에 많은 관심을 보여주었다.

낙산사에서 구입한 부엉이 세 마리.
아이는 용기를 준다는 말에 파란색 부엉이를 골랐다.

    속초 시내에서는 문우당서림이라는 동네 서점에 가서 구경했다. 서점은 어디에서나 경험할 수 있는 공간이기는 하지만 아이와 갔을 때 느낄 수 있는 특별함이 있다. 아이는 관심 있는 책들이 모여 있는 곳에 가서 책 제목을 읽어보기도 하고 꺼내서 열어보기도 했다.

    속초에는 호수들이 있는데 영랑호에선 4인 가족용 자전거를 대여하여 탔다. 1시간 안에 완주하려면

페달을 정말 열심히 밟아야 했다. 아이는 앞에 혼자 타면서 예전에 버스 안내원처럼 계속 멘트를 날리며 떠들었다.

청초호 공원에서는 아이들이 놀 수 있는 놀이터가 잘 되어 있었다. 시민들이 즐길 수 있는 문화공간이 있어서 좋아 보였다. 아이는 놀이터에서만 1시간 이상을 놀았다. 놀이기구 하나에 마음이 가는데 잘되지 않아 속상해했다. 계속 도전을 했지만, 아직 힘이 부족한지 오르지 못하고 계속 내려왔다. 아이는 계속 짜증 내고 화를 냈다.

아이를 끝까지 격려하고 응원을 해주었지만 시간이 지날수록 아이의 힘은 빠져서 결국 하지 못했다. 아이의 토라진 마음을 달래주는 데 시간이 걸리기는 했지만 그래도 포기하지 않고 끝까지 해보려는 아이의 자세는 칭찬해주고 싶었다.

3년 만에 다시 방문한 카페 같은 자리에서 찰칵 !

2016년 1월, 아내와 함께 호주 멜버른과 시드니로 신혼여행을 갔었다. 그때 처음이자 마지막이 될 것 같은 호주에 언젠가 또다시 오고 싶다는 마음이 생겨서 '아이가 7세가 되는 해'에 다시 오기로 약속했었다.

장거리 비행을 아이가 소화해 낼 수 있을지가 관건이었지만 그래도 멋진 추억을 만들고 우리의 버킷리스트 달성을 위해 강행하기로 했다.

아이와 함께 가는 여행의 준비물이 상당히 많았다. 캐리어 하나를 거의 아이 짐으로 채웠다. 잘 때 필요한 인형까지 가져가야 하는 수고로움이 여행을 떠나기 전부터 피로를 쌓이게 했다. 짐을 싸는 순간에도 도움은커녕 오히려 방해하는 아이가 얄밉게 느껴지기도 했지만 그래도 짐을 다 챙기고 캐리어 지퍼를 잠그는 순간 설렘이 있어 좋았다.

상하이(경유)에서 저녁에 출발하여 다음 날 오전에 시드니에 도착하는 일정이었다. 아이는 비행기에서 하룻밤을 자야 하는 상황이었지만 생각보다 잘 버텨주었다. 비행기에서 주는 밥이 입맛에 잘 맞았다고 좋아하는 아이의 천연덕스러움을 보니 웃음이 나왔다.

시드니 공항에 도착해서 아이는 우리의 캐리어를 찾는 데 한몫했다. 그리고 본인 스스로 캐리어를 끌어보겠다고 한다. 혼자 해볼 수 있는 경험을 쌓게 하는 것이 중요하다는 것을 느꼈다. 아이가 서툴게 천천히 하는 행동을 지켜보고 있으면 인내심이 많이 필요했지만, 아이의 작은 경험을 통한 성취감이 누적될수록 아이의 자존감과 자신감은 높아져 갔다. 그동안 육아하면서 이런 부분이 부족하지 않았나 반성했고 여행에서만큼은 아이 스스로 할 기회를 많이 주었다.

시드니의 낯선 환경은 우리 가족에게 색다른 추억을 선사해 주었다. 트램을 타고 첫 번째 숙소가 있는 동네에 내리자마자 비가 억세게 내려 호된 신고식을 치러야 했고 늦은 오후 시간에 광활한 보타닉가든에서 여유롭게 산책하다 출입문들이 잠겨 아이와 같이 이리 뛰고 저리 뛰다 직원의 도움을 받아

무사히 탈출한 적이 있다. 그리고 아이가 페리에 가방을 두고 내리는 바람에 아이의 귀중품이 모두 담긴 가방을 찾기 위해 초인 같은 힘을 발휘한 엄마의 헌신적인 모습도 기억난다. 그때 당시 매 순간이 쉽지는 않았지만 돌이켜보면 소중하고 웃음 가득한 추억이 되었다.

한국에 와서도 아이는 시드니를 추억했다. 아빠와 엄마와 같이 보낸 그 시간을 아이는 모두 다 기억한다고 말해주었다. 가장 인상적이었던 것이 무엇인지 물어보니 루나파크라는 놀이동산에서 솜사탕을 먹은 것이라고 했다. 한국에서도 충분히 할 수 있어서 조금 당황스러운 답변이기는 했지만 아이의 관점에서 바라보면 당연히 그럴 수 있다는 생각이 들었다.

부모와 함께 낯선 곳에서 평범한 일상을 보낸 것만으로 아이에게는 매우 특별한 경험이었을 것이다. 아이가 아빠, 엄마와 함께 시드니에서 수집한 추억을 가지고 앞으로의 여정을 아름답고 행복하게 그려나갔으면 하는 마음이다.

사촌 언니들과 숙소 주인분께 남긴 그림 편지

먼 훗날 우리의 기억 창고는 빛이 나겠지

아빠가 육아일기를 쓴다는 것은 처음에는 매우 낯선 일이었다. 아이는 매일 한 뼘 씩 성장해 나가는데 아이의 모습을 보고 마냥 좋아만 하기에는 그 시간이 정말 소중했다. 마법을 쓸 수 있다면 시간을 잠깐 멈추고 싶었지만 그럴 수 없다는 것을 잘 알기에 아빠가 할 수 있는 최선의 방법은 빨리 흘러가는 시간 속에서 아이의 모습을 기록하는 것이었다.

글을 쓰면서 어색하기도 했지만 아이의 지극히 평범하고 사소한 부분 역시 먼 훗날 추억이 될 수 있을 것 같아 솔직한 마음으로 기록해 나갔다. 육아를 해서 행복을 느끼기도 하고 때론 육아에 대한 고충을 나열하며 스스로를 격려하기도 했다. 그만큼 육아는 쉬운 길이 아니었다. 그래도 하나뿐인 내 아이를 바라보는 것은 늘 설레는 일이었다.

매일 기록들이 쌓여가고 아이의 성장과 함께 아빠 역시 성장하고 있음을 느꼈다. 육아에 대한 고민의 흔적과 조금이라도 개선하기 위해 육아 책을 읽고 교육을 들은 시간들이 결코 헛되지 않을 것이다. 지금도 육아에 대한 답을 정확히는 모르겠지만 그래도 아빠가 딸에게 줄 수 있는 유산이 무엇인지 알 수 있는 시간이었다.

아이와 함께 수집해가는 기억 창고는 무한대에 가깝다. 시간을 많이 들이고 추억이 많으면 많을수록 창고는 더욱더 빛이 나고 점점 보물창고로 변신을 해갔다. 아이와 대화를 나눌 때 서로 통하는 무엇인가가 생기고 함께 공감하고 웃을 수 있는 것들이 늘어갔다. 눈으로 보이지 않고 수치화 할 수 없지만 달라졌음을 느낄 때가 아이의 표정이 전보다 매우 밝아졌을 때다. 아이의 웃는 모습을 많이 볼 수 있다는 것은 행복 그 자체였다.

아이일 때는 과거, 미래가 중요하지 않고 오직 현재, 바로 지금 이 순간이 가장 중요하고 거기에 온전히 집중을 한다. 아이와의 추억 수집 역시 아이가 기억할 수 있는 시기에 집중해보면서 우리만의 이야기를 통해 행복을 찾고 싶었다. 현재 행복을 느낄 수 있어야 먼 훗날 언제든지 이 감정을 공유할 수 있게 된다.

한 번은 아이와 함께 퍼즐을 같이 맞춘 적이 있다. 처음에 퍼즐의 그림을 확인하고 그 후부터 샅샅이 흩어진 근거 없는 퍼즐들의 잔재들을 맞추기 위해 노력한다. 처음에는 잘되지 않았지만 계속 시도하고 차근차근 한 조각 씩 테두리부터 맞춰 나가보니 윤곽이 보이기 시작한다.

기억 역시 듬성듬성 나기도 하고 많은 부분을 이미 잃어버리기도 한다. 그래도 함께 추억거리를 공유할 수 있다는 것은 우리의 삶을 보다 풍성하게 만들어 줄 거라 생각한다. 이미 지난 과거의 기억도 퍼즐의 한조각처럼 사방으로 흩어져 있지만 결국 하나로 연결하는 역할을 우리의 추억이 담긴 육아일기가 해줄 것이다.

아이가 성장하고 어른이 되었을 때 기억창고에 아름답고 행복한 추억들이 가득하기를 바라는 마음이다. 세상살이가 만만치 않기 때문에 쉽게 가진 못하더라도 아름다운 추억을 가득담아 인생이라는 여정을 잘 살았으면 하는 바람이다. 무엇보다 건강하게 잘 자랐으면 좋겠고 아이와 함께할 수 있었던 유아기 7세의 마지막 여정은 아빠의 인생에서도 먼 훗날 제일 기억날 보물이 될 것이라 믿는다.

엄마의 글

 남편이 퇴사하고 채윤이를 온전히 돌보게 된 지도 어느덧 일 년이 지났다. 휴직으로 온전히 함께해 온 순간들부터 등·하원까지 내가 도맡아 하며 누구보다 엄마 껌딱지로 자라났던 아이로 인해 아빠가 외롭고 서운해 보이던 때도 많았다. 그러다 어느 순간 아이가 아빠와 함께하는 것이 편해졌구나 하는 것을 처음 느꼈던 게 저녁 약속을 다녀온다고 해도 울지 않고 웃으며 다녀오라고 하는 아이의 모습을 보았을 때였다.

 남편이 육아를 맡게 된 때 나도 회사 일이 너무 바빠졌는데, 아빠와 딸이 서로 친해진 덕분에 업무에 더욱 몰입할 수 있었고, 회사에서 독서 모임도 하며 저녁 있는 삶을 살게 되었다. 온전히 내가 나로 살 수 있던 게 얼마 만인지. 참 감사했다.
 그러나 평평하게 유지되고 있던 가장의 무게가 내 쪽으로 기울면서 답답하고 울적했던 때도 있었다. 둘이 벌 땐 몰랐는데, 혼자서 벌게 되니 출근이 가끔 버겁게 느껴졌다.

남편도 초반에는 일하지 않는 아빠들이 주위에 몇 명 있어 서로 의지가 되었는데, 어느 순간 다 일 자리를 찾아 떠났고 남편만 남았다. 초등학교 입학 을 앞두고 있어서 당장 맞벌이로 일을 하기도 부담 으로 느껴졌다. 처음엔 건강과 쉼이 목적이었지만, 기간이 길어지면서 언제 다시 일을 하게 될지 모르 는 하루하루가 터널 속에 갇혀 있는 느낌이었다. 무 엇보다 다시 뭔가를 집중해서 하기에는 육아도 집 안일도 끝이 없었다.

나보다 채윤 아빠의 마음이 훨씬 힘들었을 것 같 아 마음이 아프다. 그래도 우리를 둘러싼 불확실함 속에서 하나 확실한 건 채윤이가 밝게 잘 자라고 있 다는 것이었다.

퇴사 후 일 년과 맞물려 곧 남편의 생일이 다가오 고 있었다. 남편은 정말 꾸준한 사람이다. 매일매일 블로그에 육아 일기를 써왔고, 그 일기를 읽는 것이 나의 소소한 즐거움이었다. 10월의 어느 날, '이 기 록을 엮어서 책으로 만들어 선물하면 어떨까?' 하는 생각이 아침 출근길에 번뜩였다.

1년간 취업이나 시험 발표 같은 결과물은 없었지만, 매일 매일이 얼마나 소중하고 값진 시간이었는지 먼 훗날 이 책을 읽으면서 느꼈으면 했다. 보이지 않는 무형의 '과정'을 '유형'의 결과물로 선물해 주고 싶었다.

비록 그 가을을 지나 다음 해 책을 내게 되었지만... 그동안 참 고생 많았고 고마워!
이 책을 읽을 때마다 소소하게 행복했던 우리의 2023년을 떠올리며 더 행복해지기를...

***책을 엮으며 매일 꾸준히 써 내려간 하루의 기록들을 다시 한번 읽어보니 매일의 기록 속에서 남편의 사랑과 고민을 느낄 수 있었다.
모두 담기가 어려워 책에서는 일부만을 추렸지만 짧아서 제외된 일상 기록들도 일부를 편집 없이 남겨본다.***

10월 29일

아이가 엄마가 안 입는 원피스를 시간만 나면 갈아입고 선물로 받은 반짝이 구두를 신고 집에서 돌아다닌다. 결혼식 드레스처럼 바닥에 끌린다. 손에 어린이용 매니큐어도 바르고 화장해야 한다고 색연필로 눈썹을 그리기도 한다.

아이일 때는 어른을 흉내하고 싶어 하는 것 같다. 자연스러운 것으로 생각한다. 특히 딸은 엄마의 행동 하나하나 유심히 보다가 모방한다. 아빠를 보고는 커피 마시겠다 정도이다.

아이와 오후에 등산을 갔다. 15분만 걸어가면 서울의 전경을 그래도 볼 수 있다. 아이가 시작부터 힘들다고 했지만, 네발로 기어오르기도 하고 거대한 바위를 걸으면서 나름대로 재미가 있었나 보다.

정상에 올라서 돗자리를 깔자마자 눕는다. 그리고
챙겨간 귤, 스낵을 먹었다. 누워서 자다가 가고 싶
다고 한다. 아이가 성장하고 있음을 매일 느낀다.

10월 30일

아이가 아빠, 엄마랑 하루종일 있으니 기분이 좋
아져 있다. 과도한 흥분상태여서 몇 번을 워워~했
다. 노래를 부르고 시합을 하자고 병원놀이, 색칠
하기 등 다양한 활동을 했다. 낮잠을 잤으면 했지만
주말에 낮잠을 안 잔다. 산에 갔다 와도 더 에너지
가 넘친다.

아빠는 오늘 휴대전화를 보는 대신 3x3x3 큐빅 맞
추기를 했다. 못해도 계속하는 게 중요하다는 것을
알려주고 싶었는데 아이는 중간마다 "내가" 하면서
본인이 직접 해보겠다고 한다. 자꾸 시도해 보고 잘
할 수 있다며 자신있어하는 모습이 보기 좋았다.

능청스러운 말투와 표정이 웃기다. 밝은 모습을
보니 좋다. 유아 시절에 아빠, 엄마와 보내는 시간

이 아이에게는 최고의 선물인 것 같다.

10월 31일

아이에게 집중을 못해서 미안한 하루다. 아침부터 선물 받은 보라색 반짝이 구두를 신고 가겠다고 서로 신경전을 벌이다가 결국 운동화를 신고 갔다.

지금은 보여주고 자랑하고 싶은가 보다. 심지어 말랑카우 빈 껍질을 어린이집에 가져가기도 한다. 그만큼 행동 하나하나 보여주려고 한다.

아이의 활동을 유심히 지켜보질 못하고 영혼 있는 대답을 못해준 것 같다. 아이의 고집에 지칠 때가 있지만, 막상 잠을 자러 누우니 못 해준 게 생각난다.

11월 2일

아이의 등하원을 하다보니 에너지 소모가 상당하다. 아내는 그동안 회사 일 하면서 어떻게 시킨 건지 정말 힘들었을 것 같다.

우선 출근길 교통체증부터 속이 타들어 간다. 지금은 쫓기는 것이 없어 다행인데 출근길이라면 1분 1초 가슴을 졸여야 한다.

아이가 잘 따라주면 좋은데 미리 준비해 둔 옷이 마음에 안든다고 버티거나 구두를 신고 가겠다고 실랑이를 벌일 때면 화가 부글부글 끓어오른다.

그런데 아이는 울다가도 언제든 웃을 수 있고 놀다가 다쳐도 금세 잊고 또 논다. 아이의 체력과 힘은 정말 대단하다. 분명 어른이 되기 전, 어렸을 땐 누구나 저랬겠지.

아이가 아이패드로 그림을 그린다. 영상을 잘 안 보여줘서인지 보여준다 해도 싫다고 말한다. 그리고 본인이 무엇을 하고 싶은지 명확하게 말해주어 고맙다.

11월 3일

아이가 고집이 세다. 본인이 생각한 것을 끝까지

하려고 한다. 좋은 점도 있지만 때때로 우기기가 심할 땐 너무하다 싶기도 하다.

아빠가 이건 이렇게 해야지... 그렇게 하면 안 돼. 이런 말이 늘어나고 있었다. 아이는 슬슬 이런 잔소리가 싫은가 보다. 그리고 아빠의 통제를 받기 시작하니 왜 다 아빠 마음대로 하려고만 하냐고 한다. 어쩌다 보니 그런 것 같기도 하다.

아이를 있는 그대로 봐주고 때로는 기다려주는 인내가 필요하다. 아이가 할 수 있는 부분. 비록 서툴더라도 본인 스스로가 해냈다는 성취감을 느끼고 싶어 한다.

11월 4일

아내가 재택근무인걸 알게 된 아이는 오늘은 어린이집에 안 가겠다고 한다. 아이가 소변을 참다가 팬티에 살짝 쉬가 묻었나 보다. 남아있는 팬티가 없자 안 가면 되지 한다.

하지만 아이 팬티를 급하게 빨아서 드라이기로 빨리 말려 아이의 희망에 불씨를 껐다. 그리고 옷을 입혀 어린이집에 갔다.

막상 어린이집에 가면 선생님과 친구들과 함께 있는 것을 좋아하는데 엄마랑 더 있고 싶은가 보다.

낮에는 볼일 보고 저녁에 하원하러 갔다. 아이가 이제는 친구들과 잘 있다. 집에 와서 이야기를 한다. 저녁을 먹고 귤도 먹고 매일 하는 것들을 마치고 잠자리에 든다.

특별한 건 없지만 매일의 평범함이 되돌릴 수 없는 것들이어서 더욱더 특별함으로 바뀐다.

11월 6일

어제는 고구마를 캐고 오늘은 아이가 먼저 산에 올라가고 싶다고 한다. 사실 너무 피곤했다. 몸에 피로물질이 남아있어 점심을 먹고 나서 나른함에 낮잠을 30분 정도 잤다. 그 과정에서 아이의 방해가 계속되었다. 아이의 체력은 무한대인 것 같다. "아빠, 엄마. 일어나" 수십 번 외치다가 본인도 지쳐 멀뚱멀뚱 눈을 뜬 채로 침대에 누워있다. 잠이라도 잘 줄 알았지만 졸리지도 않은가 보다.

결국 산에 같이 가기로 했다. 자락길 입구에서 3

분 정도 오르자 힘들고 다리 아프다고 한다. 아주 난감하여 다시 돌아갈까 하다가 "등산은 원래 이렇게 힘든 거야"라고 설명해주었다. 그렇게 꾸역꾸역 한걸음씩 내딛는 아이가 대견했다.

돌길이 나올 땐 징검다리를 걷는다며 좋아하다가 나무 데크 계단이 나오자, 나무 계단을 열심히 오른다. 계속 바뀌는 길의 형태가 오히려 아이의 지루함을 없애주는 듯 했다. 그러다가 도토리를 발견하고 낙엽을 보기도 하고 자연 속에 있는 그대로가 아이에게는 놀잇감이 되었다.

드디어 목적지까지 도달했다. 굳이 완만한 길 놔두고 어려운 길을 선택하겠다고 한다. 그게 더 재밌다면서 두 손과 두 발로 바위를 올라간다. 아이는 힘든 길을 갔지만 성취감을 느꼈는지 좋아했다. 그리고 헬기장(H) 블록을 왔다 갔다 한다.

그리고 바위에 앉아서 경치를 보면서 가져간 귤을 까먹었다. 한 개를 먹더니 "정말 맛있다" 감탄사를 계속 내뱉는다. 각자 2개씩 먹으려고 4개를 가져갔는데 순식간에 사라져 버렸다. 그리고 귤 한 조각

정도를 산짐승도 먹으라고 던져주자고 하니 좋다고 한다. 그리고 야채 스낵도 맛있다고 다 먹는다. 집에서 먹는 것보다 산에 올라와서 먹으니 더 맛있지? 물으니 "그렇다"고 한다.

하산하면서 체력단련기구들이 모아져 있는 구간이 있다. 그곳을 그냥 지나치지 않고 들려서 하나씩 다 관심을 가져보면서 해본다. 자전거 기구에 타보니 발이 안 닿는다. 그래서 다른 걸 또 어떻게 하는지 궁금해한다. 그렇게 운동기구 하나하나 다 해보고 내려왔다.

아이에게 거의 다 내려와서 등산 재미있었냐고 하니깐 "엄청 재밌었어"라고 한다. 아이에게는 체험 하나하나가 다 재밌었나 보다. 벌레가 아빠 신발에 달라붙어 바지로 기어 올라오는 것도 재밌어한다. 어떡해 어떡해 하면서도 신기해한다.

딸과 같이 등산하고오니 오늘도 산에 올랐다는 마음에 기분이 좋아졌다. 건강도 챙기면서 추억도 쌓아서 좋았다. 주말이라서 그런지 가족 단위로 등산하는 집들이 있었다. 등산 코스를 등산하는 사람이 정하기 나름인 곳이라 아메리카노 커피를 사 와서 산 정상에서 마시는 가족들의 모습도 인상적이었다. 카페가 부럽지 않은 도시 뷰를 보면서 마시는 아메리카노가 정말 향긋했을 것이다.

11월 9일

아침에 자연스레 눈을 뜬 아이는 잠이 부족했는지 계속 투정을 부린다. 아내가 출근 준비에 바쁜 틈에 아이는 징징거리는 정도가 점점 높아진다. 일어나자마자 배고프다고 해서 떡을 데워주었다. 그리고 냉동 블루베리도 한 그릇 주었다. 아이는 허기진 것이 채워지자 이제 놀려고 한다.

"어린이집 가야지?!" 말하니 "아직이야."라고 답한다. 옷을 입네 안입네 서로 힘을 빼기 시작한다. 결국 어린이집 선생님과 친구들이 기다린다는 이야기를 해주며 옷 입히기에 성공했다. 아이와 손잡고 집에서 나왔다.

차를 타러 지하 주차장 방향으로 가려는데 아이

가 "아빠, 어디가?" 큰 소리로 외친다. 밖에 주차한 것을 깜빡하고 차를 지나쳤다. 3일 동안 차를 계속 다른 곳에 대다 보니 순간 착각을 했다. 아이에게 "고맙다"고 인사를 했더니 뿌듯했는지 웃는다.

어린이집에 도착해서 놀이터에서 미끄럼틀을 한 번 타고 들어갔다. 키가 이제 109cm, 19kg이 되었다. 많이 컸다. 이제 안을 수 있는 날이 얼마 남지 않았음을 직감했다. 조금이라도 안을 수 있을 때 더 안아주자. 시간은 되돌릴 수 없기에 지금 이 순간을 더 소중히 생각하고 머릿속에 마음속에 추억을 새겨야겠다.

11월 10일

오늘 오전에 면접이 있어서 등원은 아내가 하고 하원을 하러 어린이집에 갔다. 아이 둘만 남아 있었다. 다른 동생 한 명은 혼자 남게 되니깐 시무룩해진다. 아빠, 엄마가 보고 싶다고 한다. 아이들 마음은 혼자 남으면 슬픈가 보다.

한 달 전에 처음으로 일찍 하원을 하러 간다고 하니 아이가 싱글벙글 신났다. 선생님께서 하원 무렵 카톡을 주셨다. 어린이집 도착하시면 벨 누르고 인터폰으로 "ooo 하원할게요" 꼭 말씀해 주셔요. 아이가 친구들한테 "애들아, 나 먼저 갈게" 이 한마디가 너무 하고 싶었대요. 라고 전해줘서 미안한 마음이 들었다.

티 한번 안 내서 괜찮은가보다 했는데 아이는 다른 아이들보다 더 일찍 갔으면 하는 마음을 늘 가지고 있었나 보다.

맞벌이를 하는 동안 정말 울고 싶을 때도 있었고 속상할 때도 많았다. 주변 도움 없이 키워야 하다 보니 늘 아등바등 힘에 부칠 때가 많았다. 출산율 장려 정책이 아이가 태어나는 것에 초점을 맞추기보다 보육에 맞춰주면 좋을텐데. 지원으로 출산 장려를 하는 정책은 솔직히 마음에 들지 않는다. 하나도 벅차다는 생각이 들 때가 있다. 물론 아이를 통해 얻는 기쁨도 많다.

앞으로 5년 정도만 잘 버텨준다면 그 후에는 회사

에서 야근 하든 업무가 빡세든 해외로 가든 상관없을 텐데.. 육아를 해야 할 시기에 회사는 일을 제일 많이 시키려고 하는 것 같다.

힘이 들면서도 힘이 나게 해주는 건 아이의 존재다. 아이가 건강하고 밝게만 자라주면 바랄 게 없다. 아이가 부모를 찾지 않고 친구랑 놀려고 할 때는 부모의 시간이 아닌 경제력이 중요하다고 하니 투 트랙을 다 준비해야 하는 것 같다. 잘될 거다. 긍정적인 생각을 갖고 임하다 보면 좋은 일이 또 생길 거라 믿는다.

11월 13일

아이가 많이 자랐다. 매일 육아 일기를 쓰면서 기록을 남길 수 있어 좋다. 그런데 육아일기를 쓸 때면 아이한테 미안해진다. 아까 조금이라도 더 안아주고 더 웃을 수 있는데 말을 잘 안 들어 짜증을 많이 냈다. 시간이 지나고 아이가 잠들어 마음이 고요해지니 아이의 얼굴이 떠올라 측은한 마음이 든다.

하루 종일 같이 있는 시간은 많지만 왜 이리 시간에 쫓기듯 하는 걸까. 외출할 때도 옷 빨리 입자. 신발 빨리 신자. 계속 아이에게 빨리 빨리라는 단어를 제일 많이 사용한다.

오늘은 안 씻겠다고 버티다가 결국 머리 감기고 샤워시키고 마무리를 잘하나 싶었는데 갑자기 치마 잠옷을 입고 싶다며 다른 새 잠옷을 안 입으려고 한다. 한 벌밖에 없는 치마 잠옷이 젖어 있는데 그걸 자꾸 드라이기로 말려오라고 소리치고 명령한다. 이건 아닌 것 같아 이야기를 해주고 생각해 낸 것이 예전에 입던 조끼를 주었다. 이것이 치마 같이 생겼다고 하니 처음에는 조끼인데 뭔소리? 이런 반응이다가 결국 치마라 생각하고 입고서 잠이 들었다.^^

아이와 함께 있을 때 아이의 반응에 너무 진지하게 반응하면 안 되는 것 같다. 아이의 반응에 조금만 동심을 발휘하면 갑자기 웃으면서 재미있어한다. 생각지 못한 포인트에 깔깔 웃어대기도 한다. 그동안 너무 진지하게 어른의 관점에서만 아이를 대하니 아이가 더 버티는 게 아닐지 하는 생각이 들었다.

결국 아이 덕분에 부모도 같이 성장하는 것 같다. 육아는 나의 어린 시절을 떠올리고 잊지 않게 하면서, 부모와 자식 간의 연결고리를 세대가 거듭해도 계속 이어지도록 해주는 것 같다. 아이를 보며 나의 어린 시절을 발견하고 부모님의 마음을 고스란히 경험하게 해주는 아주 귀한 것임을 깨닫고, 잘 안 되겠지만 내일은 아이에게 더 웃고 한 번이라도 더 안아줘야겠다.

12월 7일

전날 아이에게 아빠는 내일 아침 10시에 배울 게 있어서 조금 더 일찍 어린이집에 가자고 이야기했다. 오늘 아침이 되어서 배고프다고 해서 쌀빵을 구워 같이 먹었다. 그리고 옷을 입고 바로 출발. 평소보다 훨씬 더 일찍 나올 수 있었다.

요즘은 인생을 살면서 굵직한 것들을 잃어보니 그동안 "잃어버린 것들"에 대해 다시 한번 더 생각해보고 있다. 본질이 무엇인지 그 방향성을 다시 찾아가는 시간인 것 같다. 바쁘게 살면서 우리가 소홀히 하고 잊고 있는 것들이 무엇인지 쉬는 동안에 보이는 것 같다. 조금은 올드하지만, 오히려 고전에서 인생의 답이 들어 있는 것 같다.

아이는 부모의 거울이라고 아빠, 엄마가 하는 행동을 따라 한다. 휴대폰을 누워서 하루 종일 보고 나면 어느새 아이는 인간 복사기가 되어 안 쓰는 아이팟을 들고 똑같이 누워서 보고 있다. 전원이 켜지지 않는데도 계속 누르는 시늉을 한다. 아이에게 어떤 모습을 보여야 할지 늘 신경을 써야겠다.

12월 20일

<혼자서 잘하는 아이>
스트레칭 하기 위해 유튜브 동영상을 틀어놓았다가 잠깐 아내가 부탁하는 게 있어 일시 정지를 했다. 그런데 다시 방에 갔더니 아이가 동영상을 보고 운동을 따라 하고 있다. 따라 하는 모습이 귀여웠다. 뒤에서 몰래 바라보고 아내를 불러서 같이 보고 있었다. 동작 그대로 비슷하게 흉내를 내고 있어 재밌었다. 순간 웃음소리가 자연스럽게 나오자 아이

는 뒤를 돌아봤고 쑥스러운지 갑자기 엉뚱한 행동
을 하며 다른 곳으로 간다. 아빠, 엄마가 보지 않으
면 정말 잘하는 아이다. 의식을 하면 잘 안 하려고
한다.

<왜 이리 빨리 먹어>
아침에 사과주스를 먹었다. 아이가 아빠를 보더니
"아빠는 주스를 왜 이리 빨리 먹어"라고 한다. 거의
5초 이내로 순식간에 마셨다. 원래 씹지 않고 마시
는 건 빨리 먹는다고 했더니 "자기는 맛있는 건 천
천히 먹고 맛없는 건 빨리 먹는다"고 한다. 생각해
보니 초콜릿도 녹여먹고 맛있는 건 천천히 먹는다.
그래서 매일 아빠가 장난을 친다. "이거 안 먹을 거
지? 아빠 먹는다."고 하면 늘 "안돼"한다. 알고 있
지만 그래도 아이의 정색하는 게 웃겨서 한 번 더
장난을 쳐본다.

12월 21일

<눈 오는 날>
아이가 일어나자마자 눈이 왔다고 말해주니 신나

174

서 밖을 내다본다. 아직도 내리고 있는 눈을 보면서 어린이집 가는 길이 가볍다. 그 이유는 눈 오는 날엔 눈으로 놀이를 할 수 있고 썰매를 근처 공원에서 탈 수 있기 때문이다. 아침부터 분주하게 썰매 옷을 입혀 등원을 시켰다. 어린이집에 들어가니 아이들 복장이 썰매 탈 수 있는 옷들을 다 입혀 보냈다. 마치 약속이라도 한 것처럼 입고 왔다. 오늘 하루 신났을 거다. 한편으로는 경비 아저씨들이 염화칼슘을 뿌리는 작업을 하고 계셨다. 수고를 해주신 덕분에 아이들이 오늘 하루 신날 수 있는 거라고 생각을 하며 감사하는 마음을 가졌다.

<기다림...>
아이가 무엇을 할 때마다 답답한 마음에 빨리 하자고 하는데 아이는 아빠가 기다려 주지 않는다고 한다. 급한 마음에 대신 해주려고 하는 것 같다는 생각이 들어 미안한 마음이 순간 들었다. 아이가 충분히 잘할 수 있는 기회를 빼앗은 것 같다. 가급적이면 기다림 속에서 아이가 잘 해낼 때까지 지켜봐주는 아빠의 자세가 중요함을 느낀다. 급할 땐 그러지 못하지만 아무튼 노력이라도 해본다.

<귀여운 3세>

어린이집에 가서 다른 아이들이 아빠에게 다가오면 견제하는 딸. 근처에 오지도 못하게 하고 "내 아빠야" 하면서 과격한 행동을 보일 때가 있다.

아이들을 한 번씩 안고서 놀이기구처럼 빙빙 돌려줬다. 세 아이가 서로 해달라고 난리다. 그런데 어제 어린이집의 막내인 3세 여자아이가 신난 얼굴로 아빠 허벅지를 달려들어 안아주었다. 딸이 그 모습을 보고 아빠와 눈이 마주쳤다. 견제가 아닌 웃기다고 웃는다. 그리고 막내 동생의 빵빵한 볼을 만지면서 귀여워한다.

딸도 그런 시기가 있었는데 이제는 어린이가 되었다. 그리운 3세다. 이제는 사진과 동영상으로 밖에 볼 수 없다.

요즘 느끼는 건 아이들이 정말 풍족하게 자라고 있는 것 같다. 아이들이 하나인 가정들이 많다 보니 부족함 없이 필요한 것이 있다면 다 사준다. 아이에게 경제적 관념을 가르쳐주어야 할 시기가 곧 다가오는 것 같다. 여기저기서 크리스마스 선물을 지금 벌써 몇 개를 받는지 모르겠다. 아빠, 엄마로부터 받는 선물 하나면 충분할 텐데. 요즘 행사다 뭐다 하다 보면 아이들에게 선물이 하나둘 늘어간다.

종교를 떠나 크리스마스가 이제는 가정 문화로 자리 잡았다. 크리스마스의 풍요로운 분위기를 느끼고 싶은 마음이 가득하다. 연말에 긴장이 풀리고 마음들이 따뜻해지는 시기. 꽁꽁 얼어붙은 마음이 이 시기에는 녹아내린다.

각종 크리스마스 장식과 아이템들을 가지면서 아이는 즐겁고 기뻐한다. 결국 다 돈을 써야 하는 거라 좋아하지는 않지만 아이가 좋아하는 모습을 보면 지갑이 열린다.

메리 크리스마스!!!

12월 25일

크리스마스는 이제 아이들의 축제가 되었다. 얼마 전에 운전하면서 들은 라디오 방송에서 어른들도 크리스마스 선물을 받고 싶다는 이야기를 들었는데 이제 그럴 여유가 없다. 모든 게 아이에게 맞춰진 듯하다. 아이가 점점 더 크고 세상 물정을 알아가면서 좋은 것들을 소유하고 싶은 욕구는 점점 더 커지고 있다.

그래도 크리스마스에 아이가 웃는 모습을 한 번이라도 더 볼 수 있어 감사하다. 오늘 아내와 딸은 연희동에 가서 잠깐 시간을 보내기로 했다. 단팥죽 먹고 사러가유통에서 장도 보고 온다고 한다. 어른에게 가장 큰 크리스마스 선물은 육아 탈출이라 생각한다. 잠시나마 청소하고 루틴을 할 수 있어 좋다.

12월 28일

여섯 살 딸아이. 이제 며칠이 지나면 일곱 살이

된다. 초등학교 학부모가 되기 전 마지막 해이다. 요즘 아이 때문에 너무 힘들다. 통제가 잘 안되고 너무 말을 안 듣는다. 물론 부모가 편하기 위한 생각이겠지만 양치질, 샤워, 밥 먹는 걸 한 번에 하질 않고 최소 다섯 번 이상 이야기를 한다.

말할 때마다 "아빠가 말을 안 하면 할 거야"라고 한다. 그 순간을 모면하기 위함인 것 같다. 그리고 시간 지나면 또 그대로이다. 그래서 꼭 해야 된다고 조금이라도 강제로 하면 서럽다고 울고 화를 낸다. 그러면 하지 않아도 된다고 이야기하면 해야 한다고 난리다. 진짜 어떻게 해야 하는 것일까. 너무 어렵다.

얼굴 붉히다가 또 웃으면서 놀고 있는 아이. 이래서 아인가보다. 말 잘 듣고 부모님을 생각하는 성인군자인 아이라고 해도 문제가 많았을 것 같다. 그런데 때로는 아이가 상전이 되어 너무 힘들게 하니 문제다. 한 해 한 해 육아는 고비를 넘기고 단계를 넘어서면 새로운 과제에 직면하고 그것을 해결하기 위한 고민이 또 생긴다.

그래도 아이가 잘 자라고 성장하는 과정이라 생각한다. 밤만 되면 낮에 더 친절하게 잘해줄걸이라는 생각이 들고 반성하게 된다. 그래도 건강하게 자라는 것만으로도 매우 감사한 것인데.

12월 31일

2022년이 저물어 간다. 오늘만 지나면 2023년이 된다. 마지막 날에 아내와 아이 모두 아파서 매우 조용히 보내고 있다.

가족이 내 인생에서는 제일 소중하다. 아이를 키우면서 우여곡절도 많았지만 그래도 아이의 웃는 모습을 보니 기분이 좋다. 부모님도 큰 도움이 되어주셔서 늘 감사하다.

매일 운동을 하고 있다. 인생에 바닥을 찍었다는 생각. 이제 끝났나라는 두려움과 막연함이 덜컥 나를 잠식시켜 가는 찰나에 운동을 시작했다. 이제 한 달이 되어가는데 나의 허벅지, 배에 힘이 들어가면서 점점 잘될 것 같은 예감이 든다.

　한 해를 돌이켜보면 변화가 많았지만 그래도 주어진 환경에서는 최선을 다한 것 같다. 아이와도 시간을 보내면서 선물을 받은 것 같다. 여섯 살 때 큰 이벤트들이 기억나는데 아이도 지금 나이에 아빠와 함께한 이 시간을 언젠가는 기억할 것 같다. 좋은 추억으로 남아 역경을 회복할 때 사용할 수 있었으면 좋겠다.

　올 한해도 예쁘게 잘 자라준 아이와 혼자 등하원하면서도 회사에서 잘 해낸 아내에게 수고 많았고 감사하다는 말을 전하고 싶다.

1월 1일

　힘없이 세상의 모든 걸 다 잃은 것처럼 축 처져있던 아이가 다시 살아났다. 이제 몸이 좋아져서인지 잘 웃고 밥을 잘 먹는다.

평소 초콜릿, 아이스크림, 과자를 너무 좋아하던 아이였지만 고열 40℃가 되면서 아무것도 먹질 않아 아이스크림이라도 먹으라고 했지만 싫다고 한다. 몸이 얼마나 안 좋으면 그럴까.

밥도 거의 다 남기고 안 먹다가 오후부터 배달한 쌀국수를 후루룩하면서 국물까지 싹 다 비웠다. 이제 살아났구나. 그래도 아이의 건강한 모습을 보니 다행이다.

아빠, 엄마가 몸이 좋지 않아 힘이 들지만, 아이가 아픈 것보다 차라리 대신 아픈 것이 나은 것 같다.

1월 5일

아내가 오늘은 출근하면서 아이랑 단둘이 있었다. 아이는 아빠를 부른다. 아이에게 가니깐 춥다고 한다. 그래서 아예 어린이집에 갈 옷을 미리 입혔다. 덜 추우니 이제는 배고프다고 한다. 누룽지를 끓였는데 맛이 없어서 안 먹는다고 한다. 먹을 게 없는데 아주 난감한 상황이었다.

냉동실에 있는 아이스 체리를 먹겠다고 해서 주었더니 맛있다고 또 먹겠다고 한다. 아이스크림 같고 체리에서 단맛이 나니깐 좋아한다. 그래도 잘 먹어서 다행이다. 그릇을 비우고 바로 집을 나섰다.

등원하는 길에 어제보다 오늘은 차량 정체가 있었다. 기다리고 또 기다리다 보면 어느새 도착한다. 아이와 같이 손잡고 어린이집을 걸어가면서 아이의 눈높이로 맞추고 아이에게 오늘도 좋은 하루 보내. 인사하고 사랑한다고 말해주었다. 아이의 답변까지는 바라지 않지만, 아이의 표정을 보니 말을 안 해도 잘 알 것 같다.

사랑하는 채윤에게.
소중한 추억들을 고이 잘 간직해
두었다가 앞으로 살아갈 날들에
네가 필요할 때마다 꺼내 쓰며
힘이 되길 바란다.

추억수집

ⓒ 만석, 2024

초판 1쇄 발행 2024년 4월 29일

글. 만석(채윤 아빠)
그림. 채윤
사진. 동동 (채윤 엄마)
편집. 동동

서체. Mapo금빛나루, 카페24 빛나는별
　　　UhBee Se_hyun, UhBee yoongdi

발행처. 인디펍
발행인. 민승원
출판등록. 2019년 01월 28일 제2019-8호
전자우편. cs@indiepub.kr
대표전화. 070-8848-8004
팩스. 0303-3444-7982
ISBN 979-11-6756543-3 (03810)